언덕을
넘어서 가자

언덕을
넘어서 가자

이만희 희곡집 2

arte

시간과 공간의 압력을 견디는 정전의 힘

벌써 30년이 다 되어갑니다. 대학로에서 〈그것은 목탁구멍 속의 작은 어
둠이었습니다〉라는 긴 제목의 연극을 본 지가. 그날 이후 저는, 이만희 작
가의 열혈 팬이 되었습니다.

그는 작품성과 대중성을 잡기 위해 부단히 노력해온 작가입니다. 일단 작
품이 재미있습니다. 그리고 따뜻합니다. 여기 수록된 18편 중 절반이 코미디
입니다. 발랄하고 유머러스하고 해학적입니다. 템포가 빠르고 말도 맛깔납
니다. 고단한 일상을 경쾌하게 풀어냅니다. 공연을 보고 집에 돌아오면 고
향에 다녀온 것만 같습니다. 할머니가 얼어붙은 손주 발을 녹여주며 괜찮다
고 다독여주는 듯합니다. 다시 살아갈 힘을 얻게 되고 모든 존재에 대한 애
정이 솟아납니다.

그의 작품에는 흥행작이 많습니다. 〈불 좀 꺼주세요〉는 1992년 초연 당
시, 3년 6개월간 공연하여 20만 명의 관객을 동원했으며 서울시 정도(定都)
600년 타임캡슐에 수장되기도 했습니다. 또 〈용띠 개띠〉는 10년간 장기 공
연한 작품입니다. 제가 연극을 처음 보는 사람들과 극작을 원하는 학생들
에게 반드시 권하는 작품이기도 합니다. 관극 시간 내내 맘껏 웃다가 돌연
휘몰아치는 슬픔에 눈물을 흘리게 되는 작품입니다. 그 슬픔이 우리의 평범
한 일상의 것이어서 더욱 깊고 강렬하게 다가왔나 봅니다. 이혼을 결심한 부
부가 이 작품을 보고 우리도 저들처럼 다시 한번 살아보자고 다짐했다는 실

화도 들었습니다.

　어느 해 10월입니다. 〈아름다운 거리〉를 보고 난 후, 그 서늘한 감동에 덕수궁 돌담길을 서성였던 기억이 아직까지 생생합니다. 이 작품은 우리가 살아가면서 잊거나 묻어버린 삶의 세목에서, 가장 중요한 인간에 대한 애정을 잔잔하게 일깨워주고 있습니다. 2인극은 미학적 완성도가 어렵다고 하는데 〈돌아서서 떠나라〉는 최고의 완성도에 도달한 2인극으로, 영화 〈약속〉으로 만들어져 당시 최고의 흥행 기록과 더불어 지금까지 한국의 대표적인 멜로영화로 꼽히고 있습니다. 아울러 1993년 국립극단에서 초연된 이래 지속적으로 공연되고 있는 〈피고 지고 피고 지고〉는 인생을 달관한 자가 아니면 보여줄 수 없는 맑은 경지를 보여주고 있습니다.

　이만희 작가의 작품은 1년 내내 공연됩니다. 때로는 대학로에서, 때로는 지방의 크고 작은 극장에서, 혹은 연극영화과의 실습 작품으로 끊임없이 공연되고 있습니다. 그런데 간혹 그의 작품이 엉뚱한 대본으로 개작되어 공연되는 걸 본 적이 있습니다. 그래서 저는 늘 정본(定本)이 필요하다는 의견을 드렸고, 그 결과 네 권의 '이만희 희곡집'이 나오게 되었습니다. 여기에 수록된 18편의 작품은 모두 정전(正典, canon)입니다. 공연은 시대 상황이나 사회문화적 배경에 따라 조금씩 달라질 수 있지만, 정전은 그러한 시간과 공간의 압력을 견디는 힘을 가지고 있습니다. 그래서 본래의 자리로 되돌아오게 합니다.

　올해는 이만희 작가의 등단 40주년이 되는 해이며 동시에 교수직 정년을 맞이하는 해입니다. 이 뜻깊은 해에 '이만희 희곡집'을 발간하게 되어 매우 기쁩니다. 극작가를 꿈꾸는 청년들과 희곡 연구자들, 그리고 연극인들과

독자들에게도 큰 기쁨이 되기를 소망합니다.

　그리고 머지않아 더 많은 작품이 쏟아져 나와, 또다시 전집 발간이 이루어지길 간절히 바랍니다.

2019년 6월

동국대학교 영상대학원 교수

이종대

차례

언덕을
넘어서 가자

등장인물   김완애

　　　　　최자룡

　　　　　윤다혜

무대   고물상 사무실 겸 숙소로 쓰는 공간.

　　　　　외부로 통하는 여닫이 섀시 문이 상수에 있고

　　　　　미닫이 방문이 하수에 있다.

　　　　　방문 옆으로 낡은 철제 책상과 캐비닛이 있고

　　　　　정면에 주방 가구와 창문이 있다.

　　　　　무대 중앙에 소파가 위치한다.

1장

어둠 속에서 옛 노래가 흘러나온다.

"휘파람을 불며 가자 어서야 가자······."

무대가 밝아지면 라디오에서 흘러나오는 노래를 들으며 등을 보인 채

주방에서 설거지를 하고 있는 완애.

발목에서 10센티나 올라오는 짧은 바지에 남루한 차림.

잠시 후 섀시 문이 조심스럽게 사르르 열린다.

얼굴만 빼꼼히 내미는 자룡. 비굴하다.

잠시 완애를 살피다가 발을 안으로 딛는 순간, 완애가 설거지 중이던

양은 냄비를 자룡을 향해 냅다 던진다.

문을 닫으며 내빼는 자룡.

빠그작 소리와 동시에 냄비가 섀시 문에 부딪히며 우그러진다.

태연히 설거지에 열중인 완애.

잠시 후, 다시 섀시 문이 사르르 열린다.

얼굴을 빼꼼히 내미는 자룡.

자룡   어휴, 라면 냄새. 또 라면 끓여 먹었냐? 창문 좀 활짝 열고 환기
         좀 시켜, 인마.

순간, 완애가 또 다른 냄비를 던진다.

섀시 문이 닫히면서 우그러지는 냄비.

잠시 후, 섀시 문이 벌컥 열리며 결심이 선 듯한 굳은 얼굴의 자룡이

안으로 성큼성큼 걸어와 소파에 털썩 앉아버린다.

완애   나가.

자룡   배 째라 배 째!

완애   안 나가?

자룡   못 나가.

완애   이게 증말.

완애, 플라스틱 도마를 들고 다가온다.

완애   하나, 두-울.

자룡   잠깐!

자룡   알려줘.

완애   뭘 인마?

자룡   어디로 가면 좋을지 알려줘.

완애   꼴도 보기 싫으니까 어서 나가.

자룡   갈 데가 없다니까.

완애   어서.

자룡   이틀 동안이나 나가 있었잖아.

완애   하나, 두울, 세엣.

자룡, 완애 앞에 무릎을 꿇는다.

자룡   다시 공금에 손대면 인간이 아니다. 정말이다. 이번으로 끝이야.
          믿어, 인마. 나 이틀 동안 추위에 오들오들 떨며 반성 많이 했어.
          (새끼손가락을 내밀며) 약속할게.

완애, 자룡의 손가락을 탁 친다.

완애	넌 자존심도 없냐? 걸핏하면 무릎 꿇고? 왜 그렇게 비굴하게 살아?
자룡	미안해. 다시는 안 할게.
완애	너 도박 중독자야?
자룡	…….
완애	게임장 그거 확률 몇 프로도 안 된다고 신문 방송에서 떠드는 거 못 들었어?
자룡	내가 미친놈이야.
완애	이게 벌써 몇 번째야. 거기 가면 사람 새끼가 아니라고, 다시 가면 그땐 내쫓아도 좋다고.
자룡	이번엔 진짜야. 한 번만 더 믿어봐. 다시 가면 내 손을 잘라라.
완애	자르긴? 손목으로 하려고? ……일어나!
자룡	헤헤헤. 봐주는 거야?
완애	(소파를 가리키며) 이리 앉아.
자룡	헤헤헤, 고마워. (소파에 앉는다. 안주머니에서 돈 봉투를 꺼내 건넨다.) 자! 60이다.
완애	60?
자룡	나머진 내 월급에서 까나가. 벼룩이도 낯짝이 있지 맨입으로 용서해달랠 수야 없잖냐……. 딸년한테 갔었다.
완애	너 이 새끼.
자룡	그만해. 안 그래도 딸년한테 잔소리 실컷 먹고 왔다. "아이고 내가 못 살아. 못 살아. 아빠가 인간이냐? 왜 그렇게 살아. 왜 다 늙어서까지 돈 무서운 줄을 몰라?" ……그지 같은 년, 돈

60 주면서 훈계란 훈계는 다 늘어놓더라구. 문제아 혼내는 선생처럼. 지 년 키울 때 돈 들어간 건 생각 안 하고. 완애야 난 진짜 모르겠더라. 왜 돈이 무섭냐? 돈에 날이 섰냐 독이 묻었냐?

완애   진짜 60 주디?

자룡   응, 세봐.

완애   (버럭) 인마, 영순이한테 전화 왔었어. 백 줘서 보냈다구.

자룡   허걱!

완애   그새 40을 또 거기다 꼬라박은 거야?

자룡   곧장 이리로 오려 했는데 촉이 왔어. 꼭 복구할 수 있을 거 같더라구.

완애   뭐? 추위에 오들오들 떨며 반성 많이 했다구? 게임장이 그리도 춥디?

자룡   헤헤헤. 그래도 60 남겨 왔잖아. 많이 발전했잖아. 옛날 같았으면 다 날렸다구.

완애   영순이가 길거리에서 토스트 햄버거 팔아서 얼마나 번다구 걔한테 가서 손을 내밀어? 니 딸이 가엾지도 않냐?

자룡   그래도 걘 집도 있고 서방도 있고 나보다 낫지 뭐.

완애   이번이 진짜 마지막이다.

자룡   고마워.

완애   니가 이뻐서가 아냐, 인마. 영순이가 자기를 봐서라도 이번 한 번만 봐달라고, 아저씨가 버리면 우리 아빠는 끝장이라고, 전화기에 대고 울며불며 애걸복걸하기에 참는 거야, 인마.

자룡   알어 알어. 니가 안 거두면 나 같은 칠뜨기를 누가 거두겠냐.

완애   도박이 얼마나 무서운 건지 알어, 인마?

자룡   그럼 그럼.

완애	세상에 공짜는 없어, 인마.
자룡	거기 공짜 아냐. 얼마나 치열한데. 알토란 같은 내 돈 걸고 죽기 살기로 하는 거야. 어떤 사람은 지 콩팥 떼어주고 받은 돈으로 그걸 하는데? 한 번 땡길 때마다 얼마나 가슴 졸이며 간절히 빈다구.
완애	인마, 공짜가 뭔 줄 알아? 일은 안 하면서 불로소득을 바라는 거야, 인마.
자룡	안 간다 안 간다 하면서도 갑갑해서. ⋯⋯ 이렇게 죽는 게 서러워서⋯⋯. 낙이 없잖아⋯⋯. 허망해.
완애	우는 소리 그만해. 주머니에 돈 없이 시장 통 백날 천날 어슬렁 거려봐라, 배부른가. 남들도 다 그렇게 허망하게 살아.
자룡	니가 부자인 건 부럽지만 너처럼 쩨쩨한 건 하나도 안 부러워. 이게 뭐냐. 맨날 라면이나 끓여 먹고. 우리 얼마 살지 못해. 넌 이렇게 재미없게 지나가는 시간들이 아깝지 않냐?
완애	나 부자 아냐. 쇠붙이 1킬로에 8천 원 남기고, 폐휴지 킬로그램당 2천 원 남기는 고물상 주인이야.
자룡	그래도 여기 땅값이 얼만데. 이 터가 좀 넓냐? 생각해봐. 너 이대로 죽으면 이 재산 누가 갖겠냐? 니가 문화재단 같은 데에 기탁할 놈도 아니고 다 니 여동생이 갖는 거야, 인마. 그런데 그 여동생이 어떤 년이냐? 너 혼자 사는 거 뻔히 알면서도 김치 한번 담가서 가져오는 거 봤어? 넌 억울하지도 않냐?
완애	너 같으면 이거 팔아 라스베이거스로 뜨겠지, 응?
자룡	그러엄.
완애	거기 가서 1년 만에 쪽박 차고, 응?
자룡	단 1년을 살더라도 그리 살아봤으면 소원이 없겠다. 도박할 때는 내가 살아 있다는 게⋯⋯ 살아서 이런 스릴을 맛본다는 게 정말

감격스러워.

완애   너 아직 정신 못 차렸구나?

자룡   어느 시인이 그랬어. "죽음의 숲으로 걸어가는 노인의 뒷모습은
       항상 처량하다."

완애   누구 시인데?

자룡   응?

완애   누가 쓴 시냐구?

자룡   (우물쭈물한다.)

완애   니가 그냥 지어서 말한 거지?

자룡   응.

완애   하, 그 자식 참. 입만 열었다 하면 뻥이야.

자룡   헤헤헤, 그래도 내가 없어서 그동안 심심했지? 그랬을 거야.
       니 맘 다 알어, 인마. 날 잡아먹을 듯이 미워해도 속으론 안
       그렇다는 걸.

       완애, 책상으로 가서 볼펜과 종이를 들고 온다.
       자룡이 앞에 놓으며,

완애   써!

자룡   뭘?

완애   (부른다.) 각-서.

자룡   (웃으며) 유치하게 왜 이래?

완애   유치해?

자룡   유치하지만…… 불러.

완애   나 최자룡은 다시는 공금을 들고 게임장 가지 않는다. 재발 시

20

김완애는 최자룡을 의무적으로 경찰에 고발한다. 2006년 10월 14일 최자룡 씀.

자룡   (받아쓰면서 빙긋이 웃는다.)

완애   왜 웃어?

자룡   그럼 넌 안 웃기냐? 나이 70에 유치하게…….

완애   난 분명히 널 고발해. 공금횡령죄로. 왜? 니 손버릇을 잡기 위해서라도. 다음에 넌 2천이고 3천이고도 날릴 수 있는 놈이니까.

자룡   (일어서며) 이젠 다 끝났지?

완애   한 가지 더.

자룡   또 뭐?

완애   저 개새끼들 다 처분해.

자룡   야, 그것만은 봐주라. 쟤네들을 누가 받아주냐.

완애   안 그러면 개장수한테 다 팔아넘길 거야.

자룡   (웃는다.)

완애   왜? 내가 못 할 줄 알고?

자룡   재주 있음 팔아넘겨봐. 너 어떨 때 보면 참 비다구 같더라. 개장수는 똥개나 사 가는 거야, 인마. 애완견 가져가서 뭣에 쓰게? 개고기로 팔 수도 없는데.

완애   그럼 다 풀어버리지 뭐.

자룡   완애야. 넌 쟤네들이 불쌍하지도 않냐? 집주인이 키우다가 버린 것들이다.

완애   불쌍하면 니가 밥 주고 똥 치우고 그래, 인마. 인정은 니가 베풀고 뒤치다꺼린 왜 내가 다 해야 돼? 내가 왜 내 돈으로 사료 사서 밥 멕이고 똥 치우고 그 우라질 놈의 깨갱깽깽 소리를 꼭두새벽부터 들어야 하냐구. 마릿수나 적어? 자그마치 여덟 마리씩이나.

자룡	졸졸 쫓아오는데 어떡해.
완애	니가 데려왔으니까 니가 책임져.
자룡	복 짓는 거야.
완애	그 복 니가 짓고 니가 다 가져. 알겠어?
자룡	헤헤헤.
완애	만세가 어젯밤에 만세 불렀어, 이눔아.
자룡	헤헤헤, 거짓말.
완애	있나 없나 가봐. 밤중에 하도 시끄럽게 짖어대서 나가보니까 눈알을 훌러덩 뒤집어 까고 죽어 있더라.
자룡	정말이야?
완애	이 몸이 손수 화장해서 우봉산에 묻어줬다.
자룡	(눈물을 뚝뚝 흘린다.)
완애	왜 이런 일이 있을 때마다 넌 항상 없고 난 항상 있냐. 재수 좋은 놈은 외국 출장 갔다 오면 장인 죽고 장모 죽는다더니.
자룡	(서글피 운다.)
완애	잘 죽었지 뭘 그래. 쩔뚝쩔뚝거리면서 걷는 것도 보기 짠허구. 걘 또 왕따였잖어.
자룡	그랬어. 너무 순해 빠져서 밥 먹을 때도 차례 기다리다 사료 한 톨 못 먹고…… 불쌍한 것,
완애	불쌍하긴…… 경쟁력 없는 것들은 얼른 죽어버려야 돼.
자룡	한양슈퍼에서부터 쩔룩거리며 따라오더니 목욕탕에서 목욕하고 나오는데도 이게 날 기다리고 있다가 쫓아오는 거야. 꼭 만세가 나 같더라. 버림받고 갈 데도 없는 처지가…….
완애	미친눔.
자룡	(일어나며) 알았어. 앞으로 밥 주고 똥 치우고 내가 다 할게.

자룡, 걸어가서 문을 연다.

완애   어디 가?

자룡   개똥 치우라메? …… 완애야.

완애   ……?

자룡   라면 그만 먹어. 너 그러다가 죽어, 인마.

완애   걱정 마라. 난 라면 체질이니까.

자룡   그런 체질이 세상에 어딨냐.

완애   미친눔.

그때 전화벨이 울린다.

자룡, 전화를 받는다.

자룡   네, 감사합니다. 청라고물상입니다. (무척 반갑다.) 히야, 왜
        그동안 연락 한번 없었어. …… 헤헤헤. 나야 뭐 맨날 완애하고
        화기애애하게 잘 살고 있지 뭐. 보험은 잘되고? ……아아, 그래?
        언제 온다고? (전화를 끊고 환희의 춤을 춘다.) 얏호! 완애야,
        누군지 아냐? 다혜다 다혜. 윤다혜!

완애   (타이르듯) 자룡아.

자룡   응?

완애   어젯밤에 만세가 만세 불렀거든?

자룡   그래서?

완애   넌 조금 아까까지 슬퍼서 울었거든?

자룡   아이, 몰라 몰라 몰라. 내일 어디 안 나갈 거지?

완애   나갈 거야.

자룡   어디?

완애   나 걔 안 만나.

자룡   야, 왜 그래? 약속까지 다 했는데.

완애   난 걔 보면 재수 없어.

자룡   보험 들어달랄까 봐 토끼려는 거지?

완애   걔? 그 유명한 닭기똥인지 베네똥인지로 찍고 바르고 입고 신고
        다녀, 인마. 그러면서 보험 들어달라고 웃음 팔고 다니고, 인마.
        영철이 말도 못 들었어? 보험 들어주겠다고 호텔로 오라 하면
        군말 없이 냉큼 달려 나온다고. 내가 그런 재수때기를 왜 만나?

자룡   니가 봤어?

완애   안 봐도 뻔하지. 인생 한두 해 살아봤어? 눈웃음 살살 치며
        요래요래 걷는 거 보면 모르냐? 그런 애치고 사기꾼 아닌 년
        봤어?

자룡   그만해.

완애   우리 엄마나 니네 엄마가 요래요래 걷던?

자룡   그만해. 너 수도세 아끼려고 계량기 안 돌아가게 똑똑 떨어뜨려
        그걸 받아 쓰지? 그게 근검절약인 줄 아냐, 인마.

완애   이 자식이 왜 갑자기 엉뚱한 걸로 걸구넘어져? 그렇다, 인마.

자룡   아니야. 국가적으로 볼 땐 국가의 물을 돈 안 내고 몰래 훔쳐
        쓰는 도둑놈일 뿐이야.

완애   기본 요금은 내잖아.

자룡   밤새 물 똑똑 소리에 잠을 못 자. 난 저 수도꼭지가 정말 불쌍타.
        주인 잘못 만나 단 한 번이라도 시원하게 콸콸 쏟아보질 못하니.

완애   그래도 정신만은 살아 있잖아.

자룡   무슨 정신?

완애	그렇게 수돗물 한 방울까지 아껴 쓰다 보면 그 정신이 널리 퍼져 생활 전체를 근검절약으로 지배하게 된다고. 최소한 도박에 빠져 재산 날리고 인생 날리진 않는다, 이 말이야.
자룡	니 인생은 어딨는데? 옳아, 영등포 고물상에 자리 잡고 앉았구만. 위대하다 위대해. 위대한 인생이야.
완애	너 정말 이렇게 저질로 나올 거야?
자룡	먼저 저질로 나온 게 누군데?
완애	윤다혜가 그렇게 소중해?
자룡	그래.
완애	그럼 나 김완애는?
자룡	…….
완애	나쁜 눔.
자룡	미안하다. 흥분했나 봐. 그러니까 너도 내 앞에서 윤다혜 좀 씹지 마. 난 다혜 씹는 놈은 다 죽여버리고 싶어.
완애	미친눔.
자룡	너 말 잘했다. 그래, 나 다혜에 한해선 미친눔이야. 국민학교 4學年 때 다혜가 전학 온 날부터.
완애	(신경질을 팍 내며) 바뀌었어, 인마. 초등학교로.
자룡	아니야, 다혜 얘기할 땐 국민학교가 맞아. 정서가 그래. 아무리 강산이 수십 번 바뀐다 해도 다혜를 향한 내 순정은 안 바뀌어.
완애	다혜를 향한 니 순정? 맨날 바뀌었어, 인마.
자룡	내가 언제?
완애	서울역에서, 파고다 공원에서, 카바레에서, 색싯집에서. 지금까지 니가 만난 여자가 180명도 넘는댔지? 그때마다 다혜를 향한 니 마음 맨날 바뀐 거야, 인마. 순정? 희대의 난봉꾼의 그 더러운

입에서 어떻게 그런 청아한 말이 나오냐.

자룡   아니야. 내 인생에서 여자는 딱 두 명뿐이었어. 다혜와 다혜가
        아닌 여자. 다른 여자 만날 때도 마음 한구석엔 다혜가 굳건하게
        있었어. 다혜에 대한 그리움 때문에 다른 여잘 만났는지도 몰라.

완애   다른 여자하고 잘 때마다 그랬냐? "첫사랑 윤다혜를 못 잊어
        잠시 널 취해보는 거야. 흑흑흑!"

자룡   (혼자 생각에 빠져) 윤다혜……! 이름도 멋지지 않냐? 무슨
        꽃 이름처럼. 지금도 촌스러운 맛이 전혀 없잖아. 아버지가
        우체국장이라서 그런 신식 이름을 붙여줬나 봐. 영자, 숙자,
        박자, 말자……. 걔네들 이름이 무슨 이름이가니?

완애   놀구 있네.

자룡   키가 크고 코스모스처럼 이뻤어.

완애   걔가 무슨 키가 크냐? 난쟁이 똥자루 겨우 면했지.

자룡   너 솔직히 말해봐. 옛날엔 너도 다혜 좋아했지?

완애   (버럭) 나가!

자룡   어딜?

완애   개똥 치우러 간댔잖아.

자룡   알았어. (문쪽으로 간다. 섀시 문을 열며) 완애야. 내일 아침 일찍
        목욕탕에 안 갈래?

완애   왜?

자룡   다혜 온다잖어.

        자룡, 활짝 웃으며 퇴장한다.

2장

비어 있는 무대.

잠시 후 다혜가 자룡이를 부축해서 들어온다.

자룡은 양손에 엄지손가락만 남기고 붕대를 감았다.

자룡을 조심조심 소파에 앉히는 다혜.

다혜   욱신욱신거리지 않어?

자룡   아니. 니가 있으니까 황홀해서 아픈 것도 모르겠다 야.

다혜, 방으로 들어가 베개와 쿠션을 가지고 나온다.

다혜   어머, 사내들끼리 사는 방이 왜 이리 깨끗하니?

자룡   완애가 맨날 쓸고 닦고 해. 난 어지르기만 하고. 그 새끼

             결벽증이잖아.

다혜, 베개와 쿠션을 자룡의 등에 대준다.

다혜   완애는 집에 없나 봐?

자룡   응.

다혜   걘 여전히 잘 살지?

자룡   그럼, 지 팔 저 흔들어가며 잘 살지. 빚이 있냐 건사할 자식이

             있냐.

다혜   장가 안 간대니?

자룡	응.
다혜	독신으로 그냥 늙어 죽겠대?
자룡	그럴 모양이야. 아예 여자한텐 관심도 없어. 난 걔가 숫총각이 아닐까 싶다.
다혜	설마.
자룡	아냐. TV 보다가도 야한 장면 나오면 채널을 확 돌려. 쌍것들이라고.
다혜	참 수수께끼 같은 애야, 응?
자룡	맞어.
다혜	아 참!
자룡	왜?
다혜	너희들 주려고 꽃 사 왔는데 병원에 놓고 왔다. 어쩐다지?
자룡	다시 가서 가져오게?
다혜	아깝잖아.
자룡	관둬. 우리가 꽃하고 어울리기나 하냐?
다혜	꽃하고 어울리지 않는 사람도 있니?
자룡	있지. 많지. 꽃이야 너하고나 어울리지. 넌 어쩌면 그대로냐.
다혜	아휴! 그런 말 좀 하지 마. 여기 목 좀 봐라, 목 좀 봐. 주름이 굵직굵직하게 패고 턱살이 축 늘어진 게 흉물이 따로 없지.
자룡	고객이 추근거리지 않던?
다혜	걱정 마라 야, 거들떠도 안 보니까.
자룡	아냐, 아직도 이뻐. 40대로밖에 안 보여.
다혜	쌩큐 쌩큐! 아 참, 약 먹어야지. (가방에서 조제약과 포장 죽을 꺼낸다.)
자룡	죽은 또 언제 샀어?

다혜	빈속에 약 먹을 순 없으니까.
자룡	넌 어쩌면 행동 하나하나가 문학이냐?
다혜	후후후.

다혜가 주방에서 숟가락을 가져와 죽을 떠서 자룡에게 먹여준다.
황홀하게 받아먹는 자룡.

자룡	어렸을 때 빼놓고 아퍼서 좋기는 이번이 처음이다.
다혜	하하. 그래?
자룡	그땐 아파야만 엄마한테 따뜻한 소리도 듣고 맛있는 것도 얻어먹고 그랬잖아.
다혜	맞어. 나도 7남매 중에 가운데잖아. 엄마한테 내가 안중에나 있었겠니? 장남과 막내 빼놓고는 나머진 다 곁다리잖아.
자룡	맞아.
다혜	하루는 수수깡을 깎다가 칼에 손가락을 베었다. 피가 나. 집에 아무도 없었어. 그래서 그 피를 짜고 짜서 방 벽지에 다 발랐다. 아까워서. 나중에 엄마가 와서 "쯧쯧쯧, 아이고 내 새끼 많이 아팠쪄?" 따뜻한 그 한마디 듣고 싶어서. 그랬다가 엄마한테 죽살 나게 얻어맞았다. 벽지 다 베려놨다고.
자룡	하하하.

다혜가 컵에 물을 따라 자룡에게 약을 먹인다.

자룡	내일 또 올 거지?
다혜	왜?

자룡	나 간호해주러.
다혜	안 돼 애. 일해야지. 그래야 나도 먹고살 거 아니냐.
자룡	하긴. 그나저나 큰일이다.
다혜	왜?
자룡	내가 다친 줄 알면 완애가 당장 내쫓아버릴지도 모르는데.
다혜	왜?
자룡	내 오토바이 볼 때마다 맨날 갖다 버리라고 그랬었거든. 고물로 들어온 걸 내가 고쳐서 탔던 거걸랑.
다혜	얘 얘, 그건 완애 말이 맞다 애. 그런 오토바이를 타고 어딜 다녀. 써금써금하더만.
자룡	아냐, 속은 멀쩡해.
다혜	어디 가는 길이었냐?
자룡	너한테 잘 보이려구 목욕탕 갔다 오다 커브 길에서 전봇대를 받고 그냥. 땀을 너무 많이 뺐나 봐.
다혜	깜짝 놀랐어. 누가 오토바이에 코를 박고 엎어져 꼼짝 않고 있는 거야. 내가 안 봤음 어떡할 뻔했니?
자룡	그러니까 니가 나의 구세주 아니냐.
다혜	연락해봐, 완애한테. 걔도 너 다친 건 알아야지.
자룡	걔 핸드폰 없어.
다혜	아직도?
자룡	응. 걔 한 달에 용돈 3천 원도 안 써.
다혜	걘 돈 벌어서 다 어디다 쓴대니?
자룡	그 자식이 그러는데 강물도 자꾸 쓰면 준대.
다혜	기가 막혀. 걔 혹시 돈 아까워서 데이트도 안 하는 거 아니니?
자룡	그럴 거야. 자식, 복은 많아가지고 옛날에 여기가 다 채소밭이었잖냐.

다혜	그러게. 이럴 줄 알았으면 우리도 여기다 땅 좀 사둘걸.
자룡	세상은 참 공평치 못해, 응? 우리같이 돈 없는 것들은 쓸 데가 많고, 돈 많은 놈들은 쓸 데가 없고. 아마 돈이 있으면 안 써도 든든하고 배부른가 봐.
다혜	그러게.
자룡	상돈이는 요새 속 안 썩이니?
다혜	그 버릇이 어디 가겠니.
자룡	출소했지?
다혜	그러엄. 1년도 넘었는데.
자룡	뭐 해?
다혜	술집 하다가 말아먹었어. 자식 하나 있는 게 웬수다 웬수.
자룡	그러길래 왜 하필이면 달영이 그 새끼한테 시집갔냐?
다혜	누가 아니래니.
자룡	나한테 왔으면 이 고생 안 할 거 아니냐. 죽자 사자 매달릴 때 못 이기는 척하고 넘어올 것이지. 그랬으면 나도 맘 잡고 열심히 살아서 지금 완애보다도 나을지 누가 아냐. 너 때문에 삐뚜루 삐뚜루 살다 보니 지금 요 모양 요 꼴이 된 거잖니.
다혜	아이구, 지금도 생각난다. 서울역 광장에서 내가 너 잡으려고 두 시간씩이나 뛰어다닌 거. 넌 도망치고 난 쫓아가고. 그것도 군바리를.
자룡	헤헤헤.
다혜	아무 기차나 타고 가서 농약 먹고 죽겠다는데 어떡해. 진짜 그럴 심산이었니? 엄포였지?
자룡	말도 마라 야. 군대에서 휴가 나왔는데 영철이가 그러더라. 니가 달영이한테 시집간다고. 순간 뭐랄까. 갑자기 아득해지면서

아무것에나 부딪히고 싶더라. 대가릴 시멘트 담벽에 박아버리고 싶고 달려오는 덤프트럭을 정면으로 받아버리고 싶고. 그때 니가 그 말만 안 했으면 진짜 뒈져버렸을지도 몰라.

다혜   무슨 말?

자룡   다음 생에 꼭 부부로 다시 만나자고.

다혜   (배를 잡고 실컷 웃고 나서) 아이고 웃겨 웃겨. 내가 정말 그랬니?

자룡   그래.

다혜   널 살리려고 아무 말이나 막 했나 부다, 애.

자룡   뭐어?

다혜   아냐 아냐. 그런 것도 같애. 하, 정말 내 인생이 왜 이리 꼬였을까. 이 집 저 집 기웃거리기나 하고. 설계사 중에 내가 나이가 제일 많잖니.

자룡   꽈배기가 덜 꼬여서 그래. 아주 배배 더 꼬였으면 멋진 무늬가 됐을 텐데.

다혜   죽을래?

자룡   달영이 그 새낀 무슨 소식 없냐?

다혜   브라질에서 코 큰 년하고 농장 하며 잘 산대.

자룡   너도 참 보는 눈하고는. 그 새끼가 어떤 놈인지 아냐? 우리 앞에선 말 한마디 못 하면서 여자애들한텐 있는 돈 다 쓰면서 왕 깠던 놈이야. 쪼다리 같은 놈.

다혜   후후후. 노인들은 공원 벤치에 앉아 고개를 쳐든 채 눈 감고 햇볕을 쬐며 입을 오물오물거리는 게 제일 재밌대.

자룡   왜?

다혜   과거 얘길 끄집어내서 오물오물 파먹느라고. 지금 니가 그래.

자룡   왜 여자애들은 달영이처럼 의리도 없고 살살이 같은 놈들만 좋아하냐? 우리 남자들이 볼 땐 영 밥맛인데.

다혜   남자는 뭐 안 그런 줄 아니? 우리 여자들이 여자를 볼 땐 의리
            있고 통 크고 한결같은 애들이 멋지거든. 그런데 남자들한텐
            거짓말 잘하고 내숭 잘 떠는 애들이 인기더라. 그런 애들이 아마
            남자 앞에서 애교도 많고 살살 녹이니까 그런가 봐.

자룡   니 말 듣고 보니까 그건 그러네.

다혜   그렇지? 다 늙은 이제야 세상 보는 눈이 생기다니. 그러니 인생이
            실수투성이지.

자룡   그러니까 재미있는 거야. 실수 안 하는 완애 같은 놈들만 모여 있으면
            뭐 재미냐? 엄숙하고 따분하기만 하지. 나처럼 흔들흔들하면서
            하루에 세 번씩 길거리에 탁탁 침 뱉는 인간들이 많아야
            재밌다니까.

            다혜가 주방으로 가서 물을 마시다가 창가에 있는 라디오에 시선이
            간다.

다혜   어머, 이 라디오 아직도 쓰니?

자룡   말도 마라 야. 완애 그 자식 보물1호다. 소싯적에 선물 받았대나
            봐.

다혜   누구한테?

자룡   몰라. 얼마 전에도 자꾸 지직거린다고 전파상에 가서 싹 고쳐왔다.

다혜   둘이 안 싸우니?

자룡   새도 오래 앉아 있으면 화살 맞는다잖아. 완애한테 빌붙어 산 지
            7년째다. 맨날 화살 맞고 살지 뭐. 어제도 니 전화가 날 살렸다.

다혜   너 아직도 도박하는구나?

자룡	응.
다혜	그럴 돈 있으면 나 좀 줘봐라. ……합의금이 필요해. 천 2백이나. 상돈이가 또 누굴 팼어.
자룡	아이고, 세게도 팼나 부다.
다혜	아, 지겹다 지겨워. 친구들 찾아다니면서 돈 돈 돈 돈 하는 내 신세가. 이젠 친구들도 슬슬 날 피해. 핸드폰도 어떨 땐 안 받고. 걔네들도 내가 지겨울 거야. 만나기만 하면 돈 부탁 할 거 같으니까. 니가 보기에도 내가 좀 그렇지?
자룡	영철이한테 한번 부탁해봐. 여관이 잘되나 부던데.
다혜	찾아갔지. 영자, 숙자, 박자, 말자도 그래서 만난 거고. 다들 고개를 젓더라구. 너무 큰돈이잖니.
자룡	완애한테 내가 슬쩍 떠볼까?
다혜	그래줄래?
자룡	알았어.
다혜	아냐, 내가 직접 말하는 게 낫겠다. ……아냐. 니가 그냥 잘 말해봐. ……아냐 아냐. 나도 모르겠어. 썼다 지웠다 수없이 했어. 남은 건 완애밖에 없는데 찾아갈까 말까. 정작 걔가 앞에 있으면 말할 수 있을까 없을까. 걘 이상하게 거리감이 느껴지더라구.
자룡	그 자식이 거리감 느끼게끔 행동해.
다혜	말한다 해도 가망성이 없겠지?
자룡	찔러도 피 한 방울 안 나오지.
다혜	그럼 관둘까?
자룡	상돈이는 어떡하고?
다혜	집행유예 기간이라 가중처벌을 받는대. ……난 다른 소원 없어. 그저 그놈 하나 사고 안 치고 사는 거 보고 죽는 거밖에는. 죄수복

입고 있는 건 정말 못 봐주겠더라구. 내 몸보다 더 아픈 게
자식의 아픔이잖아.

다혜, 운다.
소리 없이.
자룡, 다혜를 보다가 눈을 감는다.
잠시 후, 눈물을 닦아내고 빙긋이 웃는 다혜.

다혜   미안해.

자룡, 쩔룩거리며 걸어가 책장 앞에 선다.
의자를 딛고 올라가 책장 꼭대기에서 통장을 꺼내 다혜에게로 온다.

다혜   (통장을 보고 나서) 어머 9백이네?

자룡   완애 통장이 여러 갠데 내가 손댈까 봐 요리조리 감추다가
이것만 까먹은 거 같애. 2년째 저 자리야.

다혜   그래서?

자룡   나도 지금까지 수금해오던 거에나 손댔지 이런 건 손 안 댔거든.
다혜야. 이거 가지고 가서 아들 살려. 그 자식이 설사 알았다 치자.
지가 날 죽일 거야 어쩔 거야. 고발하면 까짓거 감옥살이하는
거고. 사랑을 위해 그 정도도 못 하겠냐?

다혜   얘가 돌았나 봐. 큰일 나려구.

자룡   좋아 그럼 (선반 꼭대기에 통장을 감추며) 여기다 놓자. 그 자식이
없어진 걸 알고 "너 인마, 내 통장 어쨌어?" 이러면 "잘 찾아봐,
인마 (찾는 척하며) 여깄네!" 하면 되잖아.

다혜	얘 얘, 관둬 얘. 도둑질이 뭔데?

그때 전화벨이 울린다.

자룡	니가 받아봐.

다혜, 수화기를 든다.

다혜	여보세요? ……청라고물상입니다. ……말씀하세요. (끊고 나서) 잘못 걸었나 봐. 아무 말도 없어.
자룡	그런 전화 자주 와.
다혜	아냐…….
자룡	왜?
다혜	(정색하며) 자룡아.
자룡	응?
다혜	너 솔직히 말해야 돼.
자룡	뭘?
다혜	완애가 나 싫어하지?
자룡	갑자기 왜?
다혜	얼버무리지 말고 대답해. 나 싫어하는 거 맞지?
자룡	근데 걘 누구한테나 그래.
다혜	아냐. 걘 어렸을 때부터 날 싫어했어. 그런데 난 아무리 생각해도 그 이유를 모르겠어. 내가 걔한테 크게 잘못한 것도 없고 뒤에서 욕해본 적도 없거든. 이상하지 않니?
자룡	그러게.

다혜	작년에 기철이 죽어서 문상 갈 때 말야. 영철이 차 타고 가면서 얼마나 수다 떨며 떠들썩하게 갔냐?
자룡	그랬지.
다혜	완애는 나한테 말 한마디도 안 했어.
자룡	그랬어?
다혜	휴게소에 들렀을 때 내가 어쩌나 보려고 완애 옆자리에 일부러 자릴 바꿔 앉았어.
자룡	그랬지, 내가 영철이 옆자리에 앉고.
다혜	도착할 때까지 단 한마디를 안 하는 거 있지. 날 쳐다보지도 않아. 지가 자는 척이라도 했으면 내가 위안이나 되지. 두 시간 내내 꼼짝 않고 창밖만 쳐다보고 있는 거야. 굳은 얼굴로. 무슨 그런 애가 있냐? 이건 경멸이지? 맞지?
자룡	글쎄.
다혜	보험 때문이 아냐. 한동안은 나도 완애가 소문난 노랭이라 보험 들기 싫어서 날 피하는 거라고 생각했어. 날 적대시하는 거야. 보험 들기 싫어하는 거하고 적대시하는 거하곤 다르잖아. 넌 집히는 거 없니?
자룡	글쎄, 니 얘길 듣고 보니 좀 이상하긴 하네. 너 그래서 그 뒤로 연락 한번 안 했던 거냐?
다혜	그래.
자룡	어쩐지.
다혜	아까 말없이 끊은 전화? 그거 완애 전화야. 내가 갔나 안 갔나 살피려고 전화한 거야. 내가 받으니까 딱 끊은 거고.
자룡	설마.
다혜	틀림없어. (분노에 차서) 돈 좀 있다고 유세 떠는 거야 뭐야!

악감정이 있으면 대놓고 말을 하든가.

자룡   …….

다혜   자룡아.

자룡   응?

다혜   내가 내일 꼭 올게. 니 병이 나을 때까지 계속 와서 간호해줄게.
        어디 이 자식이 나오는 꼴 좀 보자. (양손을 옆구리에 갖다 대고
        군인처럼) 흥!

3장

자룡이 소파에 기댄 채 바지를 무릎까지 걷어 올리고 있고, 다혜가 호호 불며 자룡의 무릎에 소독약을 발라주고 있다.

자룡   잠깐만! (일어서서) 귀여운 내 새끼 잘 있나 보자.

자룡, 쩔룩거리며 걸어가서 선반 꼭대기에서 통장을 꺼낸다.

자룡   아이구, 내 새끼 잘 살고 있네. 헤헤헤. 이것 봐. 일주일이
          지났는데도 완애 그 자식이 아무 말이 없잖아. 까먹은 게
          틀림없다니까.

다혜   사람으로 태어나 해선 안 될 게 두 가지가 있어. 살인하고
          도둑질하는 거야.

자룡   이건 도둑질이 아니라니까 자꾸 그런다. 그냥 이동하는 거야.
          여기서 저기로. 좋아, 그럼 마지막으로 여기에 두자. (싱크대 선반
          꼭대기에 감추며) 이것까지 모르면 그때…….

다혜   (말을 자르며) 그게 그거야. 난 절대 못 해.

자룡   너 그럼 상돈이는 어떡할 거야?

다혜   죗값을 받아야지. 능력 없는 내가 언제까지 지 뒤치다꺼릴 할
          거야.

자룡   해서 그냥 감방으로 보내겠다?

다혜   걔도 그래야 정신 차릴 것 같고. 저도 따끔하게 혼나봐야지.

자룡   야 야, 그럼 니가 완애를 살살 녹여봐. 맞어, 고깃국이야.

젊은이 못된 건 몽둥이로 고치고 늙은이 못된 건 고깃국으로
고친다잖어.

다혜   싫어. (손부채질을 하며) 아휴, 왜 이렇게 덥다니? 머리끈 좀 없어?
자룡   있어.

자룡이 방으로 들어간다.

따라 들어가는 다혜.

그때 섀시 문이 열리며 완애가 들어온다.

잠시 후 자룡이 나오고 뒤따라 다혜가 머리를 묶으며 나온다.

이상한 느낌으로 그들을 보는 완애.

자룡   (완애에게) 어디 갔나 오냐?
완애   방에서 뭐 하다 나오는 거냐?
자룡   응, 다혜가 머리끈 찾아달래서. 넌 어디 갔다 와?
완애   개똥 치우고 왔다, 인마.
자룡   아, 미안 미안. 내가 개장을 호텔방처럼 매일매일 깨끗하게
청소하려고 했는데 하필이면 이때 이 양손을 다칠 게 뭐냐.
헤헤헤.
완애   번개 맞은 노루 뛰듯 삐리릭삐리릭 하더니 꼴좋다.
다혜   얘, 무슨 말을 그렇게 해.
완애   오해 살 일 하지 마라.
자룡   응?
완애   여자가 남자 방에서 왜 나와?
다혜   왜, 내가 니 물건이라도 훔쳐갈까 봐서?
완애   다 큰 여자가 남자 방에 함부로 들어가고 그러는 거 아니다.

다혜	너 지금 무슨 망상을 하고 있는 거야?
완애	(방 안에 켜져 있는 전깃불을 딱! 하고 끄며) 불 좀 아껴 써.

완애, 책상에 앉아 전화를 한다.
다혜가 괘씸한 듯 완애를 째리다가 참는다.

다혜	(자룡에게) 얘, 약 마저 바르자.

다혜가 자룡의 양손의 붕대를 풀러 약을 발라준다.

완애	(수화기에 대고) 아, 김 사장? 나 청라고물상에 김완애요.
	입금 날짜가 내일 같아서 전화 올렸습니다. ……아 그래요?
	감사합니다. ……예 예, 건승하십시오. 그럼 이만 끊겠습니다.

완애, 전화를 끊고 자룡과 다혜를 째린다.
약을 발라주던 다혜, 참았던 울화가 치밀어 오르는지 갑자기 일어나
완애 앞에 떡 선다.

다혜	너 아까 그 말뜻이 뭐야? 오해 살 일 하지 말라니?
자룡	그래, 나도 그 말이 좀 이상했어. 너 왜 그래?
다혜	자룡이하고 내가 무슨 엉뚱한 짓이라도 했단 말이냐? 왜 사람을
	무시해? 내가 그렇게 불결하게 보여? 내가 그렇게 만만하게 보여?
	말을 해봐, 이 자식아.
자룡	그래 니가 너무 심했어. 다혜한테 사과해.
완애	(자룡에게) 입 다물어, 인마.

다혜	너 변했어.
자룡	변해도 아주 너무 많이 변했어.
다혜	돈 좀 있으면 그렇게 더럽게 변해도 되는 거니?
완애	더러워?
자룡	응, 더러워.
다혜	그래. 너 옛날엔 안 그랬어. 도둑놈 잡는다고 반 아이들 모두 책상 위에 올라가 무릎 꿇고 벌설 때 니가 나서서 "내가 훔쳤다"라고 말한 애야. 훔치지도 않았으면서. 쿨하고 멋있었어. 그랬던 애가 왜 그래? 왜 이렇게 쪼잔해졌어?
완애	뭐어? 쪼잔해?
자룡	응, 쪼잔해.
다혜	그럼 쪼잔하지. 자룡이하고 내가 붙어 있는 게 눈꼴시려워서 그러니?
자룡	맞어, 그런가 봐.
완애	그래, 눈꼴시럽다, 왜!
다혜	그럼 나더러 오지 말라고 그래. 니가 이 집 주인이잖아. 내일부터 오지 말까?
완애	(일어서며) 흥!
다혜	앉아.
완애	싫어.
다혜	나 할 말 많아.
완애	난 할 말 없어.

완애, 나가려 한다.

자룡	야! 너 여기서 나가봤자 갈 데도 없잖아.
완애	이 새끼가 증말!
자룡	개장 옆에 쪼그리고 앉아 별도 없는 밤하늘만 멀뚱멀뚱 볼까 봐 그러지.
완애	때리는 시에미보다 말리는 시누이가 더 얄미워, 인마.
자룡	말릴 때 못 이기는 척하고 그냥 앉어, 인마.
완애	어휴 이 새끼를 그냥!

완애, 뭐라도 집어던질 기세다.

자룡	다혜야, 다혜야!

자룡, 얼른 다혜 뒤로 숨는다.
완애, 씩씩거리며 나간다.

자룡	야, 너 시원하게 말 참 잘했다. 저 자식도 뜨끔했을 거야.

다혜, 속상해서 소파에 풀썩 앉아 무릎 사이로 고개를 박는다.

자룡	진짜 쟤 왜 저렇게 변했냐. 옛날엔 우리 독수리 클럽 대장이었는데. 싸움도 잘하고 돈도 잘 쓰고. 읍내에 〈벤허〉 영화가 들어와 단체 관람 갈 때도 돈 없어 못 가는 애들 것까지 쟤가 다 냈잖아. 지 엄마 가게에서 훔친 돈으로.
다혜	니가 나가서 찾아봐.
자룡	끽해야 한양슈퍼에서 캔 맥주 달랑 하나 먹고 들어올 거야. 그

이상은 돈 아까워서 못 먹는 놈이야.

다혜   (단호하게) 찾아봐, 좀!

자룡   알았어.

자룡, 다혜의 눈치를 살피며 두 손을 치켜든 채 쩔룩거리며 밖으로
나간다.

사이.

다혜가 일어나 주위를 서성인다.

창문을 통해 밖을 내다보기도 하고, 라디오를 틀어 듣다가 꺼버리고
하릴없이 캐비닛 문을 열었다가 닫는다.

그때 다혜의 휴대전화가 울린다.

핸드백 속에서 휴대전화를 꺼내 든다.

액정에 뜬 발신자 이름을 보고 망설이다가 한숨을 내쉰 뒤 폴더를 연다.

다혜   ……그래서? 나더러 어쩌라구? 이눔아 정신 차려. 공갈 협박할
       사람이 없어서 이 에미한테 하는 거냐? ……그래, 이눔아. 독해서
       미안하다. (버럭) 맘대로 해!

그때 자룡과 완애가 들어선다.

자룡, 비닐봉지를 들고 있다.

다혜   니 에미 한 달에 15만 원짜리 고시원에 있어, 이눔아. 지하 셋방
       보증금까지 니놈한테 다 털리고. 잘됐네, 에미하고 자식하고
       따로따로 닭장에 살면 되겠네. 니 맘대로 하라니까. 죽고 싶어도
       쥐약 사 먹을 돈이 없어서 못 죽는다, 이눔아!

휴대전화를 와락 끄는 다혜.

그제야 완애와 자룡을 본다.

다혜   …… 왔니?

완애   …….

자룡   …….

다혜   잘못 걸려온 전화야.

완애   …….

다혜   미안해, 아까 큰 소리 쳐서. 내가 너무 예민하게 받아들였나
          봐……. 사과할게.

다혜, 완애에게 악수를 청한다.

마지못해 손을 잡는 완애.

자룡   하하. 내 이럴 줄 알고 소주하고 족발을 사 왔다는 거 아니냐.
          한잔씩 하자.

완애   둘이 마셔. (가려 한다.)

자룡   (잡으며) 야 야, 이눔아. 오늘 밤 코 삐뚤어지게 마셔보자구.
          소주병 3열 종대로 세워놓고.

완애, 할 수 없이 자리에 앉아 술을 마신다.

다혜도 거푸 마신다.

자룡   수풀의 꿩은 개가 다 몰아내고 오장육부의 속내는 술이 다
          내모는 거다. 술 먹고 서로들 할 말 있음 다 해.

다혜　　　오늘따라 왜 이렇게 덥다니.

　　　　　다혜, 창가로 가 창문을 연다.
　　　　　밖에서 "호박, 감자, 가지, 두부, 콩나물 있수와" 하는 마이크 소리가
　　　　　들린다.
　　　　　개 짖는 소리도 들려오고…….

다혜　　　우리가 죽어도 저런 소리들은 계속되겠지? 개장에 저 개들도
　　　　　낯선 사람 보면 맹렬히 짖어댈 거구. 김 씨 아저씨, 이 씨 아저씨도
　　　　　고물을 수거해다 여기다 계속 쌓아놓을 테고. 저기 저 백화점도
　　　　　빌딩도 번쩍번쩍이는 광고판도 제자리에 그대로 있을 거야.
　　　　　아무 일도 없었다는 듯이……. 평화롭게. 죽어 사라진다면……
　　　　　다시는 못 볼 저런 것들이 귀하게 여겨져. 지하 차도에서 허리
　　　　　꺾고 구걸하는 앵벌이 부부까지도. ……깨달음 하나 차이 같애.
　　　　　꼭 죽는다고 생각하면 되는데…… 영원히 살 것만 같거든. ……꼭
　　　　　죽는데. 죽는다고 생각하면 큰소리 칠 것도…… 화낼 것도……
　　　　　용서 못 할 것도 없잖아. ……. 하하하하, 뭔 개소리를 이렇게 주절주절
　　　　　늘어놓는대니. 나도 늙었나 봐. 그지, 완애야?
완애　　　…….

　　　　　그때 쏴아 하고 소나기가 퍼붓는다.

다혜　　　우와. 양철지붕이라 그런지 빗소리가 되게 우렁차다, 응?
자룡　　　말도 마라 야. 한번은 밤중에 소나기가 저렇게 퍼부었는데 술에
　　　　　취해서 자다가 벌떡 일어났어.

다혜	왜?
자룡	전쟁 난 줄 알고. 총알이 콩 튀듯 하니까 팬티만 입고 문밖으로 뛰쳐나갔다니까. 잠결에.
다혜	후후후.
완애	(묘하게 그들의 대화에 끼어든다. 혼잣말로) 180도 미친눔.
자룡	야, 근데 희한한 일이 생겼어. 니가 여기 온 날부터 귀신이 안 보여.
다혜	귀신?
완애	하, 이 자식 또 지랄이네. 무슨 귀신이 있다고 그래, 인마.
자룡	아냐, 있어. 방에.
다혜	몇 명이나?
자룡	세 명.
다혜	어떻게 생겼는데?
자룡	소녀 귀신, 교복 입은 귀신, 소복 입은 할망구 귀신.
완애	270도 미친눔. 그게 다 대가 세질 못해서 그런 거야, 인마. 죄를 너무 많이 지었든가.
다혜	(완애에게) 좀 가만있어봐. (자룡에게) 너한테 말도 시켜?
자룡	응, 어떨 땐.
다혜	뭐라고?
자룡	"방이 왜 이리 춥냐. 낄낄낄. 배고프다. 낄낄낄. 이리 와라. 낄낄낄."
완애	360도 미친눔.
다혜	무서워?
자룡	무섭진 않은데 성가셔.
완애	(다혜에게) 뭐 이런 자식 얘길 하나하나 받아주고 그러냐? 버릇 돼

이 자식!

자룡   아냐, 있어. 정말이야.

다혜   근데 내가 나타나니까 없어졌어?

자룡   응, 희한하지?

완애   인마, 솔직히 말해. 그러니까 니 말은 다혜가 매일 왔으면
좋겠다는 말이잖아? 그걸 왜 돌려서 말해, 인마. 치사하게.

다혜   넌 왜 자룡이가 무슨 말만 하면 톡톡 짜르고 그러니, 애 주눅
들게.

자룡   맞어. 이 새낀 족발도 못 먹어. 이가 부실해서.

완애   (꾹 참는다.)

다혜   왜 할 말 있어?

완애   됐다, 됐어.

자룡   할 말 있으면 해봐, 이 자식아!

완애   이 자식을 증말!

자룡   (혀를 낼름거리며) 쳐봐 쳐봐 쳐봐. 비다구……. 못 칠 거면서.

완애   자꾸 깐쭉깐죽 대지 마라. 그러다 골로 가는 수가 있다.

다혜   ……장유자 선생님 돌아가셨다더라.

자룡   그래? 언제?

다혜   며칠 됐어. 영자, 숙자, 말자, 박자는 다녀왔대. 여든여덟에
잔병치레도 안 하고 가셨으니 호상 중의 호상이지. 새벽에 일어나
머리를 곱게 빗고 그대로 가셨대……. 곱게. 말씀도 곱게 하셨잖아.
"다혜야, 다 그렸니? 여기다가 초록색을 섞어보지 않으련?
다혜는 마음이 이쁘니까 색도 곱구나. 커서 화가 돼라, 애."
……난 흉내도 못 내겠다.

자룡   똑같다, 똑같애. 너도 "그랬니? 저랬니?" 소리 잘 써.

다혜	그거야 학교 졸업하고 서울에 쭈욱 살았으니까 그렇지. 맨날 선생님 말투 흉내 내고 그랬는데. 영자하고 싸울 때도 "넌 왜 심보가 그러니? 내 앞에서 꺼져주지 않으련? 커서 꼭 거지 돼라, 얘." ……후후후.
자룡	그땐 여기까지 오는 반스타킹도 아주 귀했잖아? 6·25 직후니까.
다혜	그랬지. 흔히 볼 수 없었지.
자룡	오늘처럼 소나기가 퍼붓는 날이었어. 아침에 일찍 학교에 갔다. 난 맨날 떠든다고 맨 앞줄에 앉혔잖아. 그때 선생님이 비를 맞고 교실에 들어와 선생님 의자에 앉는 거야. (재현한다.) 스타킹이 비에 젖어 축축했는지 책상 밖으로 비스듬히 다리를 꼬고 스타킹을 내리는 거야. 내 코앞에서. 순간 가슴이 벌렁벌렁 뛰고 입술은 버쩍버쩍 마르고. 난 그때 에로틱을 보았어.
다혜	하하하, 웃겨, 웃겨.
완애	인마, 넌 그럼 그때 장유자 선생님도 좋아하고 영자도 좋아하고 다혜도 좋아하고 그랬냐?
자룡	아니지. 장유자 선생님은 연상의 여자로 흠모했던 거고, 영자야 만만하니까 부려먹기 위해 좋아하는 척했던 거고, 다혜야 진짜로 사랑했던 거지.
완애	니가 라이온 킹이냐? 암놈이라면 아무나 껄떡대게?
다혜	오죽하면 180명하고 놀아났겠니?
자룡	(우쭐해서) 아이, 라이온 킹은 무슨. 여자애들이 내 앞에만 서면 그냥 발라당발라당 엎어지니까 할 수 없었지 뭘.
다혜	카바레에서는 어떻게 꼬셔?
자룡	간단하지. 일단 술을 마셔. 춤추면서 비빌 만큼 비비고.
다혜	그러면 넘어와?

자룡	아니지. 마지막으로 테스트를 해야지. 지성적으로!
다혜	어떻게?
자룡	(술에 취해 꼬부라진 말투로) "불교에서 말하는 연기설이 무엇이냐? 이것으로 말미암아 저것이 일어난다. (다혜의 뺨을 때리며) 따귀를 때림으로 말미암아 울화가 치민다. (다혜의 어깨에 손을 얹으며) 얹음으로 말미암아 무거움이 느껴진다. (다혜의 무릎에 손을 얹으며) 러브 이스 터치! 터치 이스 러브! 터치로 말미암아 사랑이 시작된다."
완애	(꼬나본다. 다혜의 표정도 살피고.)
다혜	그래서? 이렇게 했는데도 깔깔 웃으며 호응하면 여관으로 가는 거야?
자룡	(계속 다혜의 무릎에 손을 얹은 채로) 그렇지. 싫으면 중도에서 발끈하걸랑.
다혜	너 그러면서 왜 내 무릎에서 손을 안 떼?
자룡	너처럼 그렇게 나오면 손을 떼고 술을 마시는 거지. (그제야 손을 뗀다.)
완애	(버럭) 눈꼴시려워서 증말 못 봐주겠구만. 개자식!

완애, 자리를 박차고 벌떡 일어선다.

자룡	야, 니 무릎에 손을 얹은 것도 아닌데 니가 왜 흥분하고 지랄이냐?
완애	그렇게 해서 넘어오는 것들이 온전한 여자인 줄 아냐, 인마?
자룡	너 그런 소리 하지 마라. 내 여자들 중에 스튜어디스도 있었고 통역관도 있었다, 너.

완애	정신 차려, 인마. 그렇게 개판으로 살다가 언젠가 양손에 수갑 차, 인마.
자룡	그래 난 무목적으로 산다.
완애	무목적?
자룡	부귀영화가 부질없는 꿈이라는 걸 깨달은 어느 도사가 목적 없이 느긋하게 살았대, 인마. 나도 그렇게 산다구.
완애	인마, 그 도사가 너처럼 여자만 보면 껄떡댔다 그러디? 야 이놈아. 너 같은 놈들 때문에 법이 꼭 필요하고 경찰이 꼭 있어야 하는 거야, 인마. 니 마누라도 니놈의 그 지랄병 때문에 화병으로 일찍 간 거구, 인마.
자룡	이 자식이 왜 죽은 마누라까지 들먹이고 지랄이야.
완애	너 같은 놈들은 죄다 붙잡아다가 자루에 이따만 한 쇳덩이와 같이 처넣어서 태평양 한가운데에 퐁당 빠뜨려야 돼, 인마. 니가 인간이냐, 엉?
자룡	왜 오버하고 지랄이냐. 별 미친눔 다 보겠네.
완애	뭐, 미친눔? 이 새끼가 증말.

완애, 주방으로 가서 아무거나 잡고 팰 기세다.
다혜, 얼른 일어나 완애를 와락 껴안는다.

다혜	완애야, 너 왜 이래. 미쳤니?
완애	뭐? 미쳤냐구?
다혜	장난친 거 가지고 왜 갑자기 화를 내고 그래?
완애	(절규한다.) 그래. 나 미쳤다, 왜!

4장

완애가 라디오에서 흘러나오는 옛 노래를 들으며 설거지를 하고 있다.
그때 다혜가 섀시 문을 열고 들어온다.

다혜   어휴, 라면 냄새. 아침부터 또 라면이야?

완애   (라디오를 끈다.)

다혜   내가 반찬 해다 놨잖아. 오이지무침하고 겉절이에다 밥해
         먹으라니까 왜 말을 안 듣니.

완애   …….

다혜   그러다 영양실조 걸려, 얘. 저리 가. 내가 설거지할게.

완애   됐어.

다혜   (완애를 밀쳐내며) 저리 가래두.

완애   맨날 하는 건데 뭘.

다혜   나 있을 땐 이런 짓 하지 마. 요즘 젊은 애들이사 남자가 밥하고
         청소한다지만 우리 같은 촌닭들이야 어디 그러니? 저리 가 앉아.
         가서 에헴 하고 신문 봐. 여기 서 있지 말고.

완애, 소파에 가서 앉는다.

다혜   자룡이는?

완애   병원에 갔어.

다혜   아, 오늘이 실밥 뽑는 날이지?

완애   (고개를 끄덕인다.)

다혜	이 라디오 누가 준 거야?
완애	몰라.
다혜	이 낡은 고물을 왜 애지중지하는데?
완애	그냥 정이 가.
다혜	나한테 주라.
완애	…….
다혜	싫어?
완애	…….

다혜가 설거지를 마치고 커피를 타서 소파로 온다.

다혜	……나도 경마장 한 번 간 적 있었어, 돈은 필요하고 빌릴 덴 없고 해서. 자룡이도 갑갑해서 그러는 걸 거야. 니가 이해해.
완애	난 그런 거 이해 못 해.
다혜	아냐. 넌 어렸을 때부터 이해심이 많았어. 늘 의젓했지. 애답지 않게. 그때나 지금이나 말수는 적었고.
완애	…….
다혜	……이젠 여기 올 일도 없겠다. 자룡이도 다 나았고. 넌 내 얼굴 안 보게 돼서 속이 후련하지?
완애	자룡이가 섭섭해하겠다. 맨날 신나 했었는데. (일어선다.)
다혜	커피 마시라는데 어디 가?
완애	그냥……. 어색해서.
다혜	앉아.
완애	(도로 앉는다.)
다혜	너하고 이렇게 단둘이서 얘기하고 싶었어. 너 외국 여행 한 번도

안 가봤지?

완애   응.

다혜   가고 싶지 않어?

완애   응. 테레비로 보면 됐지 뭐할라고 힘들게 가냐, 돈 아깝게.

다혜   난 이스탄불에 그렇게 가고 싶더라. 이름이 좋아. 신비스러울 것
       같고.

완애   거기가 어딨는데?

다혜   터키의 옛날 수도야. 아시아와 유럽을 연결하는 곳이래. 하, 새처럼
       훨훨 날아다니면 얼마나 좋을까. ……실은 나도 비행기 못 타봤어.
       비행기 타면 어지럽고 멀미하겠지?

완애   …….

다혜   이렇게 한군데 처박혀서 외롭게 사는 게 좋아?

완애   편해.

다혜   사람은 나이로 늙는 게 아니라 기분으로 늙는 거야. 가끔씩
       자룡이 따라 카바레라도 가보지그래.

완애   싫어.

다혜   왜?

완애   여자들한테 껄떡대는 게 싫어.

다혜   그건 껄떡대는 게 아냐. 남자와 여자는 좋아하게 되어 있어. 그게
       자연스러운 거고. 생각을 바꿔봐.

완애   싫어.

다혜   너 혹시 여자한테 데인 적 있니?

완애   …….

다혜   말이 없는 걸 보니 있는 것 같은데?

완애   자룡이가 늦나 부다.

54

다혜	넌 어색하면 자룡이, 자룡이더라. ……완애야.
완애	왜?
다혜	난 니가 멋도 좀 부리고 활기차게 살았으면 좋겠어. 가는 세월 오는 백발……. 돈 많이 쌓아놓고 죽으려면 억울할 것 같지 않니? 돈 있겠다 능력 있겠다 그 인물에 왜 이렇게 살아. 니 옷장 보니까 새 양복이 하나도 없더라. 몇 십 년 된 잠바만 주루룩 걸려 있고.
완애	난 잠바가 편해. (일어선다.)
다혜	어디 가?

완애, 방에 들어가서 봉투를 들고 나온다.
봉투를 다혜에게 건네는 완애.

완애	자!
다혜	뭔데? (봉투를 보고 나서 깜짝 놀란다.) 어머!
완애	3천이야. 넣어둬.
다혜	……완애야.
완애	자룡이한테 대충 들었어. 천 2백은 합의금 물고 나머진 빚 갚아. 빚이 주렁주렁 널렸다메.
다혜	(운다. 울고 나서) 너…… 왜 이래?
완애	…….
다혜	약속할게. 이 돈 갚기 전까진 니 앞에 안 나타날게.
완애	내 앞에 안 나타나는 거야 니 맘이지. 하지만 그 돈 갚을 생각은 하지 마. 그냥 주는 거야. 나 죽으면 동생 년이 다 갖는데 걘 그럴 자격 없어.

다혜	날 싫어하는 줄 알았는데.
완애	맞어.
다혜	그런데 왜?
완애	그건 그거고 이건 이거니까.
다혜	꿈인지 생신지 도무지 분간이 안 돼. 이럴 수가……. 어쩌면 이럴 수가.
완애	자룡이한텐 얘기하지 마. 그 자식은 돈만 보면 환장하는 놈이니까. 만져만 보고 준다고 해도 주지 마. 눈 깜짝할 사이에 게임장으로 들고 튈 놈이야.
다혜	그렇다고 어떻게 말을 안 해. 걔도 내 걱정을 땅 꺼져라 하고 있는데.
완애	그럼 둘러대. 어떤 미친눔이 주더라고.
다혜	그럴게. 실은 자룡이 간호해준다는 핑계로 들락거리다가 기회 봐서 너한테 부탁하려 했었어. 그러다 생각을 바꿨어. 너 사는 거 보니까 왠지 나 못지않게 측은하더라구. 5천 원짜리 구두 한 켤레로 7년째 신고 있는 거…… 다 봤어. 니가 어떻게 번 건지 잘 알아.
완애	그런 소리 듣고 싶어서 이러는 거 아냐. 아껴서 써.
다혜	완애야. 오해하지 말어. 이 백? 페레가모 아냐. 짝퉁이야. 5천 원뿐이 안 해. 이것도 프라다 짝퉁이고. 이것도 베네통 짝퉁이고. 이래야 고객들이 날 추하게 안 보니까. 늙은 나귀 팔려면 잘 꾸며줘야지.
완애	니 팔뚝에 불침 땜에 생긴 흉터 있지?
다혜	그래. (옷을 걷어 팔뚝의 흉터를 보이며) 이거 니가 논 거잖아.
완애	그게 내내 마음에 걸렸어. 그만 가봐. 일해야겠다.

다혜	바쁜 일이니?
완애	응.
다혜	알았어. (일어선다.) 작년에 영철이 차 타고 문상 갈 때 왜 나한테 말 한마디 안 했어?
완애	껄떡대기 싫었어.
다혜	껄떡대다니?
완애	자룡이하고 영철인 껄떡댄 거야. 널 어떻게 해보려고.
다혜	그게 아냐. 서로 친구끼리니까 오랜만에 만나서…….
완애	(말을 자르며) 껄떡댄 거 맞아. 진짜 좋아하면 그런 짓 안 해.
다혜	(앉으며) 너 나 좋아했니?
완애	…….
다혜	말해봐. 속 시원히.
완애	좋아했지.
다혜	(놀라며) 그랬구나. 난 그것도 모르고…….
완애	널 납치해서 재건산에서 동거하려고 했었다.
다혜	뭐? 그때가 언젠데?
완애	국민학교 5학년 때.
다혜	하하하. 조숙도 하다. 너 그럼 우리 둘이 재건산으로 산딸기 따 먹으러 갔을 때 그게 납치였어?
완애	응. 니가 너무 좋은데 다들 너만 보면 껄떡대니까. 납치해서 혼자 보려구.
다혜	너 껄떡댄다는 말 되게 자주 쓴다, 응?
완애	너 때문에 생긴 말이야. 넌 인기가 많아서 모르겠지만 인기가 많은 애를 너도 한번 좋아해봐. 얼마나 신경 쓰인다고. 니 남자를 이 여자도 좋아하고 저 여자도 좋아해봐라. 껄떡대는 것들은 다

죽이고 싶지.

다혜   그랬는데 왜 납치를 포기했어?

완애   산에서 나무해다 밥해 먹기도 힘들 것 같고 학교도 다녀야 할
         것 같고 소문도 날 것 같고 니가 맨날 징징 울 것 같아서.

다혜   너 진짜 엉뚱한 데가 있어, 응? 근데 그렇게 좋아했으면서 왜
         운동장에서 포크댄스 출 때 다른 여자애들하고는 손잡고 추고
         나하고는 막대기 잡고 췄어?

완애   나까지 너한테 껄떡대는 게 싫어서.

다혜   아휴, 껄떡댄다는 말 좀 쓰지 마라. 뉘가 나려고 그런다.

완애   ······.

다혜   그런데······ 그런데······ 너 그럼 이건 뭐야. 국민학교 졸업하고
         중학교 1학년 때 교회 복도에서 우연히 우리 둘이 마주쳤잖아.
         난 반가워서 막 깡충깡충거렸는데 니가 화를 팍 내며 이랬잖아.
         "왜 나만 따라다녀 씨팔 년아."

완애   ······.

다혜   ······말해봐······. 말해봐.

완애   그 말만은 못 하겠다.

다혜   궁금해 미치겠어. 우리 얼마 못 살아. 궁금증은 풀고 가자, 응?

완애   널 맨날 미행했어. 니네 중학교 교문에서 멀찍이 떨어져서 너
         나오는 것도 맨날 봤구, 니가 잘 가던 보리수 분식집, 헌책방집,
         단팥죽집, 안 따라가본 데가 없어. 3년 동안! 죄 짓는 거 같고
         니가 눈치챘을까 봐 조바심도 났고. 내가 싫었어. 그런 게 체질상
         맞지도 않고. 그런 건 치사한 놈들이나 하는 거잖아. 그러다가
         교회에서 너한테 딱 걸린 거야. 그때 나도 모르게 나온 말이
         그만······.

다혜	이 사람아, 이 사람아. 난 그 말에 만정이 다 떨어졌다. 내가 그전까지 널 얼마나 좋아했는지 아니?
완애	(눈이 둥그레지며) 뭐야?
다혜	저 라디오 누가 준 건데? 내가 소포로 부친 거야. 국민학교 졸업할 때 받은 저축금을 몽탕 털어 저 비싼 걸 너한테 선물한 거라구.
완애	뭐어? 근데 왜 이름을 안 썼어?
다혜	니가 날 싫어할 수도 있으니까. 그러다가 "왜 나만 따라다녀 씨팔 년아" 소리 들으니까 내가 어떻게 생각했겠니. 신경 끄란 말로밖에는 안 들었을 거 아냐. 씨팔. 엉엉 울면서 교회에서 집까지 10리 길을 걸어갔다, 이놈아.
완애	아, 안 돼!
다혜	왜 그 순간 씨팔 년아 소리가 나오냐. 그 소리만 안 했어도 이렇게까지 엇갈리진 않았을 거 아냐.
완애	그래서 달영이한테로 시집간 거냐?
다혜	너 왜 꽃다방으로 나오라는데 안 나왔어?
완애	결혼식 사회 보랄까 봐. 들러리 서기 싫어서.
다혜	아냐 아냐. 너한테 마지막으로 묻고 싶었어. "나 이 사람한테 가는데 마음은 너한테 있다. 어떡할래."
완애	……난 인제 어떡하냐?
다혜	어떡하긴. 그냥 이대로 죽어야지.
완애	안 되지. 그냥 이대로는 억울해서 못 죽지. 니가 달영이한테 가고 나서 '이 세상에 여자는 없다'라고 마음먹고 월남전에 자원했다. 총알이 빗발치듯 날아오는데도 안 죽더라. 알몸으로 칼을 물고 베트콩 굴로 맨 앞장서서 들어가 육박전을 치렀는데도 살아서

나왔다. 몇 번씩이나. 내가 왜 혼자서 재미없게 라면만 먹고
사는데? 내가 왜 멋대가리 없이 꾀죄죄하게 늙어가는데? 너
때문이야. 너한테 복수하려고. 못난 놈들의 복수심은 다
이렇잖아. 그래서 고물상에 처박혀 이렇게 못나게 살고 있다, 왜!

다혜 　그럼 달영이하고 이혼하고 혼자됐을 때 그땐 왜 이런 말 안 했어?
헌 여자라서?

완애 　아니지.

다혜 　그럼?

완애 　했지.

다혜 　언제?

완애 　무교동 낙지집에서.

다혜 　뭐라고?

완애 　"돈 좀 있는 놈하고 재혼하지 그러냐" 그랬더니 대뜸 "미쳤냐?"
그랬잖아.

다혜 　그게 널 두고 했던 소리였단 말야?

완애 　그래.

다혜 　내가 미쳐, 미쳐. 그럼 그다음엔?

완애 　영철이하고 너하고 충주에 놀러 갔다메? 달래강에서 둘이
키스했다메?

다혜 　뻥이야. 우리 엄마 산소가 거기어. 산소에 갔다가 내려오다
우연히 영철일 만났고 "잘 가! 잘 가!" 하고 헤어졌어. 언니
동생이랑 다 같이 성묘 갔는데 언제 키스를 했겠냐.

완애 　그럼 영철이 그 새끼가 보험 들어주겠다고 호텔로 오라 했더니
니가 군말도 없이 왔더라는 말도 뻥이냐?

다혜 　뻥이지. 사내놈들 중에 그런 거로 지가 올라가는 양 행세하는

모지리들 많잖아.

완애   그런데도 그 새낄 왜 만나?

다혜   그런 얘기 하고 다니는 놈인지 몰랐지.

완애   이젠 어떡하냐. 다 늙어버리고.

다혜   뭘 어떡해. 이렇게 살라는 운명이지 뭘.

힘없이 바닥에 주저앉는 완애.

다혜도 힘없이 바닥에 주저앉는다.

한동안 말이 없다.

흘러간 옛 노래가 처량하게 들려온다.

다혜   우리 영업소 소장이 몇 살인지 아니? 스물아홉이야. 아주
당차. 걔야말로 코스모스처럼 늘씬하고 이뻐. 걔가 교육 있을
때마다 이런다. 외박은 해도 지각은 하지 마라. 돈 있는 사람이
아름답다. 속물적인 게 인간적인 것이다. 뻔뻔스럽게 야망을
드러내라. 가장 멋진 말이 뭔 줄 아니? 욕망에 충실하라. 멋지지
않냐?

완애   무슨 말 하려구?

다혜   처음엔, 소장이 젊어 풋내 난다 생각했어. 지금은, 그래 인생은
그렇게 살아야 하나 보다 하는 생각이 든다. 욕망에 충실하라…….
난 체면 때문에 인생 망쳤어.

완애   난 넘겨짚다 인생 망쳤어.

다혜   소개시켜줄까, 우리 소장?

완애   나한테?

다혜   둘이 잘 어울릴 것 같애.

완애	그 잘난 여자가 나한테 왜 오겠냐?
다혜	돈 보고. 10년만 살아주면 니 재산이 다 지 건데.
완애	다혜야. 어렸을 때부터 내 화두가 뭐였는지 아냐? 나이 70이 되어도 70인 여자가 여자로 보일 것인가? 보이더라구. 그걸 니가 여실히 증명해주고 있다는 거 아니냐.
다혜	후후후.
완애	……이게 다 자룡이 그 자식 때문이야.
다혜	자룡이가 왜?
완애	그 자식이 하두 널 드러내놓고 좋아하니까 그때마다 내가 멈칫멈칫한 거라구.
다혜	후후후.
완애	개자식! …… 너 자룡이한테 확실하게 말해.
다혜	뭘?
완애	헛물켜지 말라구.
다혜	후후후.
완애	알았지?

다혜, 툭툭 털고 일어선다.

다혜	야, 밥이나 먹고 생각하자. 배고파 미치겠다.

다혜, 완애에게 손을 내민다.
완애, 다혜의 손을 잡고 일어선다.
다혜, 완애의 팔짱을 낀다.

완애   외식하자구?

다혜   내가 한턱 쏠게. 어떤 미친눔이 3천씩이나 주더라구.

완애   우와 봉 잡았네?

다혜   맞어. 봉 잡은 날이지.

그들, 팔짱을 낀 채로 밖으로 나간다.

자룡이 전화를 하고 있다.

멋지게 빼입었다.

소파에는 여행용 가방과 옷가지들이 있다.

자룡 야, 너 뭐 필요해? 빨리 말해. 다 사다 줄 테니까……. 뭐? 티셔츠 한 조각? 야, 너 아빠를 그렇게 무시하면 안 된다. 그럼 그럼……. 이태리로 프랑스로 이스탄불까지 싹 훑는다, 훑어. 돈? 필요 없어. 다혜 아줌마가 다 쏘기로 했어. 뭐? 완애 아저씨가 쏘는 줄 알았다구? 하이고 하이고, 걔가 쏴? 여름에 하루 놀았다고 가을에 열흘 굶긴 놈이? ……그래 그래, 사랑하는 딸아 아빠가 없는 동안 잘 있어. 그래.

자룡, 전화를 끊는다.

여행용 가방에 짐을 챙겨 넣는다.

시계를 본다.

그때 다혜가 여행용 가방을 끌고 들어온다.

멋지게 차려입었다.

다혜 안녕.

자룡 히야, 멋지다. 영국 여왕 같다 야.

다혜 그래? (한 바퀴 돈다.) 완애는?

자룡 옷 갈아입고 있어. 너한테 잘 보이려고 목욕탕에 갔다 이제 온 거 있지? 걔는 목욕해도 이상하게 꾀죄죄하더라.

다혜   히야. 꿈에 그리던 이스탄불을 이렇게 가보는구나.

자룡   야 야, 모나코에 비하면 이스탄불은 댈 것도 아냐.

다혜   왜?

자룡   카지노가 있잖냐. 킥킥킥. 하, 여행 갈 생각에 시간 되게 안

        가더라, 응?

다혜   나도.

자룡   근데 어디서 그런 돈이 났어? 그 미친눔이 여행 경비까지 주디?

다혜   아니. 먼 친척한테 돈을 갚았더니 보험을 큰 걸로 들어주더라.

        그걸로 회사에서 성과금이 좀 나오고 또 때맞추어 50프로 세일

        가격으로 여행 상품을 파는 거 있지?

자룡   아, 그랬구나. 그럼 우리 둘만 오붓하게 가면 되지 저 새낄 뭐 하러

        데려가? 넌 저 자식이 얄밉지도 않냐? 하여튼 너도 동정심이 많아

        탈이야.

다혜   너 참, 완애 통장 어쨌어?

자룡   헤헤헤. 저기에 그냥 있지.

다혜   빨리 돌려줘.

자룡   아냐. 여행 갔다 와서 그때 결정하자. 또 아냐? 저 자식이 여행

        가서 계속 빈정 상할 짓만 골라서 할지?

다혜   너두 참.

자룡   재밌잖아.

다혜   나 김밥 싸 왔다.

자룡   뭐 하러?

다혜   공항에서 먹으려고.

자룡   식당에서 사 먹으면 되지 공항에서 냄새 풍기면서 쪽팔리게 그걸

어떻게 먹어?

다혜　완애가 싸 오라던데?

자룡　하하. 저 자식도 참. (거드름 피우며) 모범택시 불렀다. 인천
　　　공항까지.

다혜　뭐야? 그 비싼 걸 왜 불러? 버스 타고 가면 되지.

자룡　쪽팔리게 버스 타고 갈 수 있냐? 버스 타려면 여기서부터
　　　큰길까지 이걸 질질 끌고 걸어가야 하고, 정류장에서 뙤약볕
　　　맞으며 30분마다 한 대씩 오는 걸 기다려야 하는데? 사람이
　　　가오가 있지. 걱정 마라. 완애 저 자식한테 덤탱이 씌울 테니까.

다혜　후후후.

자룡　얄밉잖아.

그때 방에서 완애가 고개만 빼꼼히 내민다.

완애　너희들 지금 내 흉보고 있지!

그 소리에 방 쪽으로 시선을 옮기는 자룡과 다혜.
완애가 방에서 나온다.
흰 양복에 흰 구두에 확 달라진 완애의 모습.
경악하는 그들.

다혜　어머 어머 어머!

완애　어떠냐?

다혜　완애야 너무 멋져. 최고야.

자룡　(빈정댄다.) 발버둥을 해라, 발버둥을.

| 완애 | (폼 잡으며 휘젓고 다닌다.) 내가 돈 좀 발랐다. |

완애, 흥에 겨워 춤추며 노랠 부른다.
따라 하는 자룡과 다혜.

"휘파람을 불며 가자 어서야 가자.

……언덕을 넘어서 가자."

자룡	짜아식. 공짜라니까 마냥 좋으냐?
완애	그래, 인마.
다혜	진작에 이러고 좀 살지. 좀 좋아?
완애	근데 (자룡이를 가리키며) 얘도 데리고 가냐?
다혜	후후후.
자룡	반성 좀 해라, 인마. 한턱을 내도 니가 쏴야지, 어떻게 다혜가 쏘게 만드냐 이놈아. 에라, 이 짚신에 징 박아 평생토록 신고 다닐 징그런 놈아.
완애	너도 인마, 다혜 처럼 한번 쏴봐라. ……하! 20대로 돌아가고 싶다. 그때로 돌아가서 내 청춘을 불태우고 싶다.
다혜	늙어서 좋은 것도 있어. 사랑도 미움도 다 받아들일 수 있는 나이잖아.
완애	맞아. 껄떡댈 힘도 없고, 응?
다혜	20대가 사랑에 대해 뭘 알겠어. 격정만 있는 거지. 절망은 모르잖아.
자룡	맞어. 우리야 절망만큼은 최고지. 노인의 사랑이 왜 위대한데. 퍼주고 퍼줘도 아까울 게 없거든. 죽음이 코앞에 있는데 아까울

게 뭐 있겠냐. 헌데 20대 땐 그게 되냐? 재고 또 재고, 줄까
말까, 손핼까 아닐까, 계산속이 복잡하잖아. 그건 엄밀히 말하면
사랑이 아니지. 비즈니스지.

완애   하여 나도 복수하기로 했다.

다혜   복수?

완애   이날 이때까지 꾀죄죄하게 산 내 과거에 대한 복수. 내가 좀
         망가진다 해서 큰 죄야 되겠냐.

자룡   (타이르듯) 완애야.

완애   응?

자룡   어장이 안 되려면 해파리만 끓지?

완애   그렇지.

자룡   일가친척 중 제일 못된 것이 항렬만 높고, 응?

완애   그렇지.

자룡   사주에 없는 왕관을 쓰면 이마가 벗어진다지, 아마?

완애   그런데?

자룡   완애야. 눈치 없이 왜 이러냐. 일생을 기다려왔다. 그리고 이제
         그 출발점에 서 있다. 어지간하면 이쯤에서 여권 찢고 티켓 찢고
         다혜와 나를 위해 빠져주지그러냐. 너야 또 여기 남아서 할 일도
         있지 않더냐. 개똥 치우고 사료도 주고. 어떠냐?

완애   아니. 다혜와 너는 절대로 연인이 될 수 없지. 니가 카바레에서
         껄떡대며 밤을 지샐 때 우리 다혜는 한숨으로 밤을 지샜고, 니가
         게임장에서 피 같은 내 돈을 날릴 때 우리 다혜는 성냥팔이 소녀처럼
         언 빵을 가슴으로 녹이며 보험 팔러 다녔다. ……어울리겠냐?

자룡   흥? 우리 다혜?

완애   그래, 인마. 나의 다혜.

다혜	그만 그만. 잡초도 화분에 키우면 화초된다고 눈이 삔 두 남자 덕분에 졸지에 꽃이 된 건 고마워. 하지만 여기서 멈춰. 더 하면 나한테 욕하는 걸로 받아들이겠어. 알았지?
자룡	알았어.
완애	나도.
자룡	너 인마, 달러를 얼마나 바꿨어?
완애	2백 불 바꿨다, 인마.
자룡	뭐? 그걸로는 가이드 팁도 안 돼, 인마.
완애	난 가이드 필요 없어, 인마. 다혜 손만 꽉 잡고 다닐 거다, 인마.
자룡	다혜가 미쳤냐, 인마? 니 손을 잡고 다니게?

완애, 다혜의 손을 꽉 잡는다.

자룡	너 이 새끼 손 안 떼?
완애	잘 생각해봐라. 김 씨한테 지시를 내렸다. 여행 갔다 올 때까지 저 개새끼들을 다 처분하라고. 너야말로 이쯤에서 여권 찢고 티켓 찢고 여기 남아 저 불쌍한 개새끼들이나 붙잡아두지그러냐.
자룡	그래? 나도 여행 갔다 와서 처분할 게 하나 있긴 있지.
다혜	(킥킥거린다.)
완애	그게 뭔데?
자룡	몰라, 인마.
완애	너 인마, 달러 얼마나 바꿨어?
자룡	천 불 바꿨다, 인마.
완애	그 돈 어디서 났어?
자룡	몰라, 인마.

완애	너 혹시……. (흑빛으로 변하며) 알았다. 너 이 자식!
자룡	(은근히 걱정되어) 뭐 인마?
완애	시영아파트 철거 때 나온 고철을 삼양사로 빼주기로 하고 선불 받은 거지?
자룡	몰라, 인마.

그때 전화벨이 울린다.

전화를 받는 자룡.

자룡	여보세요? 아아, 그래요? 알겠습니다. (끊으며) 야, 모범이 왔댄다. (다급해진다.) 여권은?
완애	있어.
다혜	있어.
자룡	티켓은?
완애	있어.
다혜	있어.
자룡	자, 그럼 됐지?
다혜	가스불은?
완애	껐어.
다혜	창문은?
완애	닫았고.
자룡	자, 가자. (완애에게) 모범택시비는 니가 내. 한 10만 원쯤 나올 거다.
완애	히익! 싫어, 인마.
자룡	염치 좀 있어봐라, 이놈아. 얹혀 가면 그 정도는 내야 할 거

아니냐.

완애   그러는 니놈은? 짐꾼으로 팔려 가냐?

다혜   그만! 셋이서 똑같이 갈라 내. 그럼 됐지?

완애   싫어. 모범은 저 자식이 불렀는데 왜 우리도 내야 하냐?

자룡   넌 부자잖어, 인마. 다혜가 널 왜 데리고 가는데? 돈은
        이렇게 쓰는 거다, 앞으로 제발 이렇게 좀 살아라 하고 한 수
        가르쳐주는 거야, 인마.

완애   몰라, 인마. 니가 불렀으니까 니가 책임져, 인마.

        그때 밖에서 클랙슨이 빵빵 울린다.

다혜   그만 그만! 알았어. 내가 정하겠어. (심호흡을 하고 나서) 택시에
        제일 늦게 타는 놈이 내는 거다!

        말이 끝남과 동시에 밖으로 뛰쳐나가는 다혜.
        완애와 자룡, 서로 견제한다.
        치열한 눈싸움을 펼친다. 막고 붙잡고 떠당구치고…….
        이윽고 완애가 먼저 나가고 간발의 차이로 자룡이 뒤쫓는다.

아름다운
거리(距離)

등장인물　안광남

민두상

고이랑

1장

무대 중앙에 간이 군용 침대가 두 개 있고, 안광남과 민두상이 자고 있다.

안광남, 뒤척거리다 일어난다.

과음 탓으로 속이 불편하다.

어둠 속에서 주전자를 찾다가 넘어진다.

아프다.

주무른다.

민두상   불 켜.

안광남   안 잤누?

민두상   못 잤지.

안광남   왜?

민두상   너 때문에.

인광남   술 냄새 때문에? 뒤척거리담? 잠꼬댈 바락바락?

민두상   모든 일은 복합적인 거야.

안광남   그렇담 그 많은 일을 잠결에 동시에 했단 말이냐?

민두상   불 켜.

안광남   니가 켜. 삐끗했어. 스위치 있는 데도 이쪽인지 저쪽인지

          모르겠다.

민두상, 일어나 불을 켠다.

안광남   (사격 선수처럼 조준하고 있다가) 탕!

민두상	……?
안광남	(오른손을 들어 보이며) 손이 완전히 망가져버렸어.
민두상	황금 팔 골프 손이라며?
안광남	참, 니 아버님께서 이름 하난 잘 지셨다. 민두상. 두상이 민자라. 대가리가 그렇게 팍팍 안 돌아가서 얻다 써먹는다니.
민두상	용 못 된 이무기 또 심술을 퍼붓는구나. 니놈이 허구헌 날 자랑하지 않았누. 골프를 위해 태어난 손이라구.
안광남	그야 잘나갈 때 얘기지. 이쪽이 (손을 가리키며) 쭈악 쇠막대기니 퍼팅할 때야 최고 아니냐. 이게 구부러지면 골프에서는 젬병이거든. 골프를 쳐봤어야 알아먹지. (골프 치는 시늉) 이렇게 해봐.
민두상	싫어.
안광남	비엥신. 그나저나 그 나이 처먹도록 골프 한번 못 쳐보고 뭐 했냐?
민두상	그래, 난 이 나이 처먹도록 니놈 골프 칠 때 골방에 처박혀 골 팼다 왜. 이놈아, 손목이 안 구부러지면 그거야말로 병신인 게야. 비엥신.
안광남	삐지긴 또.
민두상	그래. 난 속이 요만해. 밴댕이야. 어쩔래.
안광남	게다가 투정까지? 말할작시면 그렇다 이거지. 관절염 때문에 이리 됐노라고 징징 짜대면 누가 좋아하겠눈. 듣기 좋자고 하는 얘기지.
민두상	(광남이가 안돼 보인다.) 헤헤헤. 시시덕이는 재를 넘어도 새침데기는 골로 빠진다잖디.
안광남	골프 칠 땐 실지로 그렇거든.

민두상 미친놈. 청보에 개똥이다.

'으르릉'이라는 글자가 세로로 쓰여 벽에 붙어 있다.

안광남 으르릉?

민두상 (종이를 떼어 거꾸로 붙인다.) 또 읽어봐.

인광남 미친놈.

민두상 또 으르릉이지? 오늘 낮에 발견한 거야. 또 있을까? 거꾸로
       읽어도 똑같은 게.

안광남 근, 근성 근.

민두상 아니 세 글자로.

안광남 근 근 근.

민두상 각자 다른 세 글자.

안광남 그래서?

민두상 자네 친구의 위대한 발견 아니겠어? 안 그래?

안광남 두상아. 물 좀 주라.

민두상 너도 생각해봐. 이런 게 또 있을지.

안광남 물 좀 달라니까.

민두상 작작 마셔.

안광남 모르는 소리 마라, 이것아. 자고로 외모는 거울로 보고 마음은
       술로 보랬다.

민두상 통풍 관절염이 류머티즘으로 바뀌는 건 순간이야, 인석아. 병신
       등신 비엥신!

안광남 내 이름이 무엇인고. 안광남. 광이 안 난다 이거야. 내 어디
       빛나는 짓 하고 댕기는 거 봤냐. (민두상이 단정하게 앉아 있는

모습을 재미있게 쳐다본다.) 민두상.

민두상　왜?

안광남　넌 참 별종이야.

민두상　무슨 소리야?

안광남　하는 짓이 귀여워 미치겠어. 어떻게 그 나이에 고로코롬 온전하게
　　　　보존될 수가 있냐. 옳지, 착한 아가 이리 온.

민두상　싱겁기는.

안광남　아직도 흙, 무정, 상록수 수준이라니까.

민두상　웬일이셔. 그런 소설까지 탐독하시고.

안광남　인마, 내가 어떤 연유로 술고래가 된 줄 아냐? 소싯적에 작가
　　　　되는 게 꿈이었다. 헤헤헤. 그때 내가 뭘 알았겠냐? 누가
　　　　그러더라. 작가가 되려면 줄담배에 술고래에 폐병 걸려야 된다고.

민두상　그래서?

안광남　줄담배, 술고래까진 대충 됐는데 폐병은 마음대로 안 되더라.

민두상　그래서 작파하시고 사기꾼으로 돌으셨다?

안광남　잘살 땐 문우(文友)들, 밥 사줘, 술 사줘, 용돈 줘…….

민두상　문우라고 했냐?

안광남　그래. 헤헤헤.

민두상　이것아. 니가 문인일 때 니 친구들이 문우인 게야.

안광남　그 사람들 지금쯤 내 생각 날 것이다. 깡소주 마시면서. 이상하게
　　　　아깝지가 않더라.

민두상　그 친구들한텐 밥, 술, 용돈까지 주시고 저한텐 돈 꾸러만
　　　　오시고.

안광남　야 야, 놀면 뭐 하냐. 이리 와서 좀 주물러도오.

민두상　일없다, 인석아.

안광남	허허. 그게 은행 돈이었지 니 돈이었더냐.
민두상	잘란다, 이놈아. (군용 침대에 눕는다.)
안광남	너……?
민두상	뭐?
안광남	마누라 생각 안 나누?
민두상	안 나. 갑자기 왜 묻냐?
안광남	약 올리려구. 잠 못 자게 하려구. 난 잠이 깼거든.
민두상	쯧쯧쯧.
안광남	솔직히 말해봐. 도상길이…… 가끔씩 생각나지?
민두상	이게 진짜 술이 덜 깼나. 꼭두새벽부터 흔들어놓고 지랄이네.
안광남	넌 안 어울려, 홀애비가.
민두상	가랑잎이 솔잎더러 바스락거린댄다.
안광남	한번 만나봐. 친정으로 돌아왔다며.
민두상	싫어.
안광남	왜?
민두상	그쪽에서 연락 올 때까지 참을 거야.
안광남	영영 안 오면?
민두상	실컷 놀아보게 내버려두는 거지 뭐.
안광남	인마, 여잔 물건이 아냐. 물건이야 쓰면 쓸수록 윤이 나고 정이 가지만 여잔 달라. 망가지게 돼 있다니까. 낡고 헐어서 김새게 돼 있다고.
민두상	그치 변하는 건 문제가 아냐. 내가 변할까 봐 그게 두렵지.
안광남	어쩐지 젊은 걸 잘도 잡았다 싶었다.
민두상	우리야 블루스 한 번만 춰도 그 상대하고 뭔가 이루어졌다고 생각하잖아. 걔네 세댄 안 그래. 잠을 같이 자도 다음 날

남남이라니까.

안광남   설마.

민두상   허 참. 결혼해서 제일 고역이 뭐였는 줄 아냐? 걸핏하면 사내새끼들한테 전화가 오는 거야, 밤중에도. "잘 사냐?" "잘 산다." "보고 싶다." "나도." "언제 한번 부킹하자." "나이트가 어떠냐?"

안광남   그걸 가만 놔뒀어?

민두상   야, 늙은 세대 취급하면 어떡해.

안광남   그러니까 초장에 잡았어야지.

민두상   초장엔 다 이뻐 보였는걸.

안광남   그래서?

민두상   다 받아주지. 그럼 잠이 안 와. 분하고 약 올라서……. 이 새끼 나 약 올리려구 자꾸 묻는 거지?

안광남   아냐 아냐. ……그래서 도상길이를…… 나이트도 보내주고 그랬어?

민두상   응. 그 앞까지 태워다 준다. 정작 내 입에서 떨어지는 소리가 뭔지 아니? "재미있게 놀다 와. 집 생각 하지 말고."

안광남   쯧쯧쯧.

민두상   "역시 자긴 멋쟁이야." 이 소리 한번 듣고 싶어서……. 싫어. 누가 싫으냐? 내가 싫어. 참고 살자니 신경질 나고 까발기자니 쫌스럽고. 속만 썩지. 그게 내 신혼이야. 헤헤헤. 신혼의 끝이 어딘 줄 아냐?

안광남   몰라.

민두상   남편이 이 닦을 때 "자기야 미안해." 옆에 와서 쉬이 하면 그게 끝이래. 걔는 식 올린 지 3일 만에 그러더라구.

안광남	니 신혼도 3일 만에 끝났겠네?
민두상	그런 셈이지.
안광남	걘 틀렸어.
민두상	알아.
안광남	알면서 왜 기다리냐?
민두상	내가 언제?
안광남	미친놈.
민두상	너 새장가 안 갈래?
안광남	안 가.
민두상	왜?
안광남	먹여 살릴 자신도 없고 정답게 굴 자신도 없고.
민두상	너야말로 홀아비가 안 어울린다 야.
안광남	우리한테 어떤 골빈 년이 오겠냐? 후후후. (발목을 주무르며) 여기까지 뻣셔지면 큰일인데.
민두상	아암. 큰일이고말고. (발목이 마비되었을 때를 연상하며 흉내 걸음)
안광남	설마 그렇게 모지실라구.
민두상	누가?
안광남	하느님.
민두상	야 야. 하느님은 너 같은 건 사람들 쪽에 분류도 안 해놨을 거야. 그러고 보면 넌 참 진화가 더딘 편이다, 그치?
안광남	인마, 진화가 너무 빠르니까 세상이 내 속도를 못 따라잡아 이처럼 쪼다리 반푼이 신세가 된 게야.
민두상	그건 맞어. 대가리 돌아가는 거 보면. (사진 잡지를 본다.)
안광남	한곳에 짱 박혀 오직 요거 하나밖에 모르는 니놈보다야 낫지. 여자만 해도 그래. 이것저것 맛본 다음에 '이것이다' 해야지.

그저 하나만 잡히면 '이것이다. 다른 건 이것을 돋보이게 하는 잡것들이다.'

민두상   (사진 잡지를 보여주며) 야! 이것 좀 봐. 기똥차지 않냐? 좀
        보래두.

안광남   좋다.

민두상   좋다? 그냥 좋다? 야 인마, 바닷물이 햇빛에 반사되어 하얘. 그
        수면 위에 흑인 여자가 하늘을 향해 벌거숭이로 누웠다.

안광남   몸매 좋다.

민두상   어휴, 이걸 그냥. 까만 수석처럼 보이지 않누, 흑인 여자가?

안광남   이 자식은 눈깔이 삐었나. 인마, 이건 그냥 젖가슴이야.

민두상   이걸 누가 여체라고 하겠어. 자연이지. 무욕무탐이지.

안광남   쯧쯧쯧.

민두상   (보고 있던 잡지를 덮으며) 야! 가게 좀 봐주라.

안광남   왜?

민두상   밖에 나가 예술 사진 좀 찍게.

안광남   증명사진이나 제대로 찍거라. 맨날 잘못 나와 손님한테 다시
        찍자고 하지 말고.

민두상   싫음 관둬.

안광남   주제 좀 알라니까.

민두상   내놔.

안광남   없어.

민두상   안 돼.

안광남   없다니까.

민두상   만 5천 원이야.

안광남   어째서?

민두상	밀렸잖아.
안광남	언제?
민두상	어제, 그저께 그냥 갔잖아. 오늘 것까지.
안광남	인마, 천재는 자주 까먹는 거래.
민두상	아따, 성님이 아무리 요설을 늘어논다 혀도 지 갈 길은 확실하다 이것이지요이. 내놓으쇼 야.
안광남	공쳤어.
민두상	무슨 돈으로 술 마시구?
안광남	얻어마셨다.
민두상	좋은 친굴 사귀셨군.
안광남	그렇다.
민두상	그저껜?
안광남	그저께도 그렇다.
민두상	<u>그끄저껜?</u>
안광남	없대두? (두 팔을 올리며) 뒤져봐.
민두상	(안광남의 혁대 쪽에서 2만 원을 쉽게 찾아낸다.)
안광남	개자식.
민두상	(건네준다.) 자, 5천 원.
안광남	내일 것까지 마저 떼.
민두상	싫어. 내일 건 내일 줘.
안광남	야! 하루 5천 원씩 너무 힘들다. 월급 탈 때 한꺼번에 싹 떼.
민두상	안 돼. 매일매일 떼는 게 중요해.
안광남	(군용 침대에 발라당 누워버린다.) 개자식. 하루에 5천 원 갖고 도대체 뭘 어쩌겠다는 거야.
민두상	청계천도 1가 거쳐 2가고, 2가 거쳐 3가고, 3가 거쳐…… 8가까지.

	알겠지? 단계 단계를.
안광남	지겹다 지겨워. 이놈의 인생이.
민두상	안광남 씨. 어이 광 안 나는 친구?
안광남	(이불을 뒤집어쓰며) 냅둬.

민두상, 물끄러미 바라본다.

그때 전화벨 소리. 민두상 받는다.

민두상	아, 삼촌이세요? 이 밤중에 어쩐 일이세요? ……아 예. ……예 ……예.

점점 힘이 빠져간다.

2장

며칠 뒤.

어둠 속에서 자명종 소리. 민두상, 일어나 불을 켠다.

그는 규칙적인 생활이 몸에 밴 듯 가뿐히 일어나 간단한 체조를 한 뒤

이를 닦고 세수한다. 이러는 동안 안광남은 자명종을 끄고 다시 잠을

청한다.

민두상   일어나.

안광남   …….

민두상   안광남 씨. 그래봤자 버틸 수 있는 시간은 1분이라는 거, 1분

뒤엔 일어날 수밖에 없다는 거, 그래도 또 한 번 더 자기 위해

재시도하는 니놈의 야무진 심보, 또다시 난 나의 방법을 써먹을

수밖에 없는 반복되는 새벽의 지겨움과 친구의 우정 사이. 자,

간다.

민두상, 라디오를 켠다.

클래식 음악이 쩡쩡거린다. 시계를 본다.

안광남, 담요 속에서 요동을 친다. 벌떡 일어나 음악을 끈다.

민두상   점점 단축되고 있어. 53초야. 40초대로 진입할 수 있을 거 같애.

어때, 해낼 수 있지?

안광남, 옷을 주섬주섬 입을 뿐.

민두상	말 좀 해봐. 넌 노력이라는 걸 우습게 아는데 절대 그렇지 않다. 노력하면 뭐든지 할 수 있어. 잠버릇까지도. 사람한테 제일 무섭고 어려운 게 뭔지 아냐? 습관이야. 습관만 고치면 개조할 수 있다는 자신감이 생기고 자신감만 있다면야 못 할 일이 뭐 있겠어.
안광남	조잘조잘 아침 까치로다. 넌 맨날 도끼 베고 잠자냐?
민두상	난 본래 잠이 없잖아.
안광남	다시는 가게 봐주나 봐라.
민두상	왜?
안광남	기껏 가게 봐주니까 잔소리가 더 늘었어. 산에 가서 신선한 공기를 마시니까 힘이 입으로 솟구치누?
민두상	고마워. 가끔씩 좀 봐줄래?
안광남	이것아. 운짱은 그냥 한다디? 하루 24시간 꼬박 (운전 시늉) 이거, 이거 해봐라. 피오줌 싸, 인마.
민두상	실은 말야, 니가 사준 이 모자 쓰고 카메라 들쳐 메고 들길 산길을 걸을 때 되게 기분 좋다. 아프리카에 다시 갈 일 없냐?
안광남	왜?
민두상	(모자를 써보며) 어때? 멋있지?
안광남	나 갈게.
민두상	이불도 안 개고?
안광남	니가 개.
민두상	뱀 허물 까듯 내팽겨쳐둔 저 옷가지는?
안광남	어제 가게 봐줬잖아.
민두상	세수도 안 하고, 이도 안 닦고?
안광남	맨날 하는 거 뭐.

민두상	아니라니까. 정신이 육체한테 주는 영향도 많지만 육체도 정신에
	막대한 영향을 준다. 육체가 청결해야 정신이 맑아지는 법. 다리
	하나 부러져봐. 정신이 먼저 지체부자유자 된대두. 세수하고 이
	닦아.
안광남	난 이 닦고 세수하는데……. 그러면 안 되니?
민두상	그래두 돼.
안광남	내일 두 번씩 할게.
민두상	광남아?
안광남	왜?
민두상	아니 그냥…….
안광남	……?
민두상	저어…… 어디 돈 꿀 데 없어?
안광남	삼촌 돈? 또 전화하셨디?
민두상	응. 해줘야지. 그 돈 없으면 조카 녀석이 감방 간다는데.
안광남	낙찰계 타버려. 곗날이 사흘 뒤잖아. 이자를 물더라도
	타버려야지.
민두상	아깝잖아.
안광남	아끼다 똥 돼버려.
민두상	1년 반이나 참아왔는데. 1년치 선이자 떼고 나면 얼마나 받겠어?
안광남	난 그거 불안하더라. 먹고 토끼는 것들이 한둘이어야지.
민두상	토끼려면 벌써 토꼈지. 이건 안전빵이야.
안광남	그럼 어쩌려고?
민두상	어디 꿀 데 없어?
안광남	내가 어딨어. 천지 사방에 깔린 게 빚쟁인데.
민두상	그래두 해줘야지. 삼촌이야 우리 때문에 완전히 망가졌잖누.

다른 것도 아니고 아들 합의금 쫀데.

안광남   난 몰라.

민두상   개자식.

안광남   자식, 삐지긴 또. 말이야 똑바로 해라. 니 삼촌이 언제 우리
          때문에 망가졌냐? 나 때문이지. 알아볼게.

민두상   고맙다.

안광남   아암. 그 양반 돈이야 무슨 일이 있어도 해드려야지. 야! 약속해.

민두상   뭘?

안광남   다른 돈은 안 갚기.

민두상   호범이 건?

안광남   그 자식이야 그동안 준 이자 돈으로도 원금 두 배 이상
          가져갔다.

민두상   김남중 사장 것도?

안광남   괜찮아. 그거 없어도 탱탱거리면서 잘살 친구니까.

민두상   그래도 은행 돈이야 갚아야지.

안광남   은행 돈?

민두상   그럼. 그걸 갚아야 앞으로 융자도 받고 그러지.

안광남   더 이상은 안 돼!

민두상   알았어. 그건 그렇고 당장 삼촌 거는 어디 가서 알아보려고?

안광남   안 그래도 생각해둔 사람이 있다. 내가 나 몰라라 할 놈이더냐?
          장길수한테 말해볼게.

민두상   누군데?

안광남   내 회사에 납품해서 돈 좀 만진 친군데 아쉬운 소리 한 적이 한
          번도 없었거든? 언젠가 긴요할 때가 있을 것 같아 꼬불쳐둔
          친구야. 나가서 알아볼게.

민두상	직접 찾아가. 전화로 간단히 얘기하지 말고.
안광남	알았어. 안 되면 계 타버리지 뭐.
민두상	정 안 되면.
안광남	걱정 마. 웃어라, 웃어.
민두상	허허. 해도 빚이 열닷 냥인걸.
안광남	좀 밝게 살자 야.
민두상	알았어.
안광남	백 50만 원 때문에 징징대기냐? 더 망가질 것도 없잖아. 잘살 땐 뭐, 고민 없었냐?
민두상	또 있어.
안광남	뭐가?
민두상	집세 낼 돈에서 10만 원 썼어.
안광남	왜?
민두상	전화세하고 전기세 내느라고.
안광남	동정도 못 다는 며느리가 맹물 발라 척하니 머릴 빗었구만.
민두상	미안해.
안광남	(버럭) 그거야 나중에 내면 되지.
민두상	어제 날짠데?
안광남	연체료 물면 되잖아.
민두상	그래도.
안광남	어휴! 너 왜 이렇게 답답하냐.
민두상	미안하대두.
안광남	(액자 뒤에 감춰뒀던 돈을 꺼내 주며) 자!
민두상	어? 10만 원짜리 수표네? 무슨 돈이야?
안광남	어떤 아가씨가 줬어.

민두상	너…… 여자 생겼구나?
안광남	더 이상 묻지 마.
민두상	빵이라도 먹고 가지그러냐. 저기다 여러 개 사다 놨는데 카스텔라 같은 건 짓뭉개면 요만뿐이 안 해. 꿀꺽 삼켜버리면 그만이야. 씹을 것도 없어.
안광남	그 습관도 고쳐볼게.
민두상	아침 먹어야 된다, 너. 신문에도 났더라. 사람은 오전에 일을 많이 하기 때문에 아침을 거르면 안 된다고. 자, 이거 하나 먹고 가.
안광남	(도로 갖다놓으며) 됐어. 나 간다.
민두상	광남아.
안광남	왜?
민두상	우리 열심히 살자.
안광남	그러니까 나도 병신 몸 이끌고 운짱 일 나가는 거 아니냐.
민두상	너 자꾸 막막하다고 생각하지?
안광남	그럼 창창하냐? 전도양양하고?
민두상	양양창창까진 안 되지만 막막할 건 또 뭐 있누. 하루하루 저축하고 있잖아.
안광남	하루에 5천 원씩 일수 찍는 거?
민두상	왜 5천 원이냐. 둘이 합치면 만 원이지.
안광남	그걸로 뭐 해?
민두상	빚 갚지.
안광남	그래. 그러면 끝이야.
민두상	물론 왕년 생각하면 껌 값이지. 야! 단돈 백만 원도 없어서 닭장 같은 데서 사는 사람들이 얼마나 많은지 알어?

안광남   그래 알아. 그래도 난 그렇게 살기 싫어. (나가려 한다.)

민두상   광남아.

안광남   또 왜?

민두상   내일 별일 없지?

안광남   왜?

민두상   헤헤헤. 요 아래 시장 틈에 칼국숫집이 생겼는데 맛있게
          한다더라.

안광남   근데?

민두상   같이 가볼까 하고.

안광남   한턱 쓰시겠다?

민두상   한턱은 무슨. 고까짓 걸 가지고.

안광남   그래도 이상한데. 우리 짠돌 씨께서.

민두상   인마. 내 비록 골프는 못 쳤다만, 한때는 지점장 상무 거쳐
          본부장까지 지내신 몸이시다.

안광남   그럼 그럼. 한때는 잘나가셨지.

민두상   시간 있어, 없어?

안광남   없어.

민두상   개자식. 한번 사겠다는데 호의를 무시하고.

안광남   일이 있어.

민두상   야 야, 웃기지 마라. 일은 무슨. 솔직히 나하고 밥 처먹기 싫다고
          말해. 그 시간 있으면 술 처먹겠다고. 운짱들하고 화투 치겠다고.
          솔직히 나도 니놈 니글니글거리는 낯뿌닥 쳐다보며 밥 먹는 게
          죽기보다 싫으니까.

안광남   아니야.

민두상   개자식. 넌 의리고 나발이고 요만큼도 없는 놈이야. 맨날

투덜대고 빈정대고 약 올리고 나 몰라라 하고. 음흉해. 음탕해.

안광남   현숙 어멈하고 만나기로 했어.

민두상   ……그랬냐?

안광남   갑영이 통해 연락이 왔더라구.

민두상   소리쳐서 미안하다.

안광남   미안허긴…….

민두상   내 말인즉슨.

안광남   괜찮대두. 다 맞는 말이던데 뭘. 헤헤헤.

민두상   광남아, 진짜 미안하다.

안광남   (나갔다가) 혹시 네 마누라, 니놈의 그 잔소리 때문에 토낀 거
         아니냐? (나간다. 다시 고개만 내밀며) 헤헤헤. 복수했다, 그치?
         헤헤헤. 안녕.

민두상   (혼잣말) 헤헤헤. 그럴지도 모르지.

3장

야외 식당.
숲이 우거지고 새소리가 들리는 한적한 곳에 안광남과 고이랑이 탁자를
마주하고 앉아 있다.

안광남   (운전하는 시늉) 들키긴 와 들키노. 한강에 뱃살이 뿌옇게
         지나갔기로 강물이 진짜 갈라지느냐 말이다. 한 가지 철칙만
         지키몬 된다 아이가. 세 번 만에 싹뚝! 알긋재? 야, 요새
         잘나가는 여자들 외식하는 게 유행이닥 카니. 갑갑증? 없다.
         짜증? 없다. 권태기? 없다. 지금이 20세기 끝물인 기라. 니 혼자
         18세기 조선 시대에 사나. 요조숙녀 났네, 정녀 났네…… 이런
         얘길 태연히 하는 거야. 운전수 들으라고. 일종의 의사 타진이지.
         내리면 끝이거든.
고이랑   저 안경 새로 맞췄어요.
안광남   어, 그래? 나 좀 줘봐.
고이랑   (건넨다.)
안광남   (써보며) 어때?
고이랑   (웃는다.)
안광남   시력이 더 나빠진 건가?
고이랑   예.
안광남   콘택트를 해보지? 요즘은 부작용도 없고 잘 나온다던데…….
         이쁜 눈 가리겠다.
고이랑   있어요.

안광남	그런데 왜?
고이랑	오래 끼면 각막이 상한대요.
안광남	그래? 현대 의학이 엄청나다는데 고것 하나 못 고치고 뭐 하나, 원.
고이랑	건수를 올렸어요?
안광남	뭐가?
고이랑	택시 탄 손님하고 놀아본 적 있냐구요.
안광남	없어.
고이랑	아닌 것 같은데?
안광남	아까 엉겁결에 꺼낸 얘기야……. 후회하고 있어.
고이랑	미남이겠다, 호탕하겠다.
안광남	없대두. 아직도 그렇게 보여?
고이랑	…….
안광남	그렇게 보는 사람 당신뿐이 없을걸?
고이랑	운전은 힘들지 않으세요?
안광남	아냐, 재밌어. 역마살 낀 놈이 잘됐지 뭐. 맨날 씽씽쌩쌩 거리를 누비고.
고이랑	가는 곳마다 막혀서 쌩쌩거릴 틈도 없겠다.
안광남	헤헤헤.
고이랑	건강 조심하세요.
안광남	걷는 게 기우뚱하니 이상하지?
고이랑	힘이 없어 보여요.
안광남	맨날 쌩쌩거리던 놈이 히쭈구리하게 있으니까?
고이랑	모르겠어요.
안광남	…….

고이랑	후후후.
안광남	왜?
고이랑	요리조리 잘도 피해 가는 것 같아서요.
안광남	……?
고이랑	아직까지 현숙이 얘길 안 물어봤잖아요.
안광남	난 또 뭐라고.
고이랑	물어보시죠.
안광남	가게는 아직도 옥수동 산꼭대기 거기지?
고이랑	예.
안광남	부자 동네에서 해야지. 한복집이 그런 데서 되겠어?
고이랑	입에 풀칠하는 데는 지장 없어요.
안광남	사는 거 힘들지 않나?
고이랑	사는 게 뭐 별건가요?
안광남	별거지.
고이랑	살고 난 다음이 더 어렵더라구요.
안광남	당신 호강 한번 못 시켜주고 헤어진 게 제일 마음에 걸리더라구.
고이랑	그래도 이혼한 다음에 일어서니까 마음이 놓이데요.
안광남	도와준달 때 도움 받지 그랬어. 범 본 예편네 창구멍 틀어막듯 한사코 막더니만.
고이랑	글쎄요. 그때 실컷 도움 받고 지금 돌려줄 걸 그랬죠?
안광남	이렇게 내가 핵 고꾸라질 줄 알았겠어?
고이랑	봄에 깐 병아리 가을에 와서 세어본다잖아요. 바로 저를 두고 하는 소리죠.
안광남	무슨 소리야?
고이랑	셈하고는 거리가 멀잖습디까.

안광남	헤헤헤. 그러니까 나 같은 걸 골랐겠지.
고이랑	별거 아니죠? 잘 살고 못 사는 거.
안광남	허허, 별거라니까 자꾸 그러네.
고이랑	욕하실진 몰라도 전 지금 모습이 훨씬 좋네요.
안광남	그래?
고이랑	머리에 기름 바르고 양복 쫘악 빼입었을 때보다. 그땐 이상했어요. 당신 같지가 않더라구요. 오히려 허해 보이던데요?
안광남	하하하. 그랬어?
고이랑	용기를 잃지 마세요. 꼭 일어서실 거예요.
안광남	……나 현숙이 만난 거 알지?
고이랑	예.
안광남	고게 날 감동시키더라니까. 정류장에서 지 버스 타는 거 보려고 나란히 기다리는데 갑자기 "아빠 힘내" 하면서 꽉 껴안더라구. 주위 사람들이 영계하고 바람피우는 놈으로 보았을걸. 고걸 보내고 담배 사려고 주머니에 손을 넣었더니 뭐가 집혀. 10만 원짜리 수표야. 껴안으면서 넣었나 봐. 조금 보태서 두툼한 겨울 오버를 사주려 했는데……. 써버렸어. 꼭 판검사 되겠대.
고이랑	걔가 그래요? 저한텐 내색도 안 하던데.
안광남	뒷바라지하기 대간하지?
고이랑	전력투구하죠.
안광남	솔직히 말해봐. 남자 만난 적 없어?
고이랑	저요? 하하하하.
안광남	없을 거야, 미안해.
고이랑	왜 당신이 미안해요? 제 주접이 그것밖에 안 돼서 그러는데.
안광남	현숙인 고3짜릴 둘씩이나 가르친다며?

고이랑	오히려 절 보태줘요. 옷 사 입으라구. 혼자일수록 멋있게 차려입어야 옆에서 추근거릴 거라구. 효녀죠?
안광남	젖탱이도 제법 튀어나왔던데?
고이랑	암내가 물씬 나죠. 찰 살이에요. 뱀처럼 매끄럽죠.
안광남	꽉 낀 청바지 입고 걸어가면 토실토실하겠던걸?
고이랑	그럼요. 톡 치면 터질 것 같죠. 말캉말캉한 감처럼. 폭탄이죠. 거리엔 지뢰가 곳곳마다 매설되어 있구. 사내 녀석들 말이에요⋯⋯. 하하하.
안광남	왜?
고이랑	꼭 뉘 집 강아지 얘기 하듯 하니 말예요. 애비 에미라는 작자들이 오랜만에 만나.
안광남	하하하하.
고이랑	가끔씩 묻죠.
안광남	어떤 거?
고이랑	왜 헤어졌냐고. 속 많이 썩였냐고. 그렇게 미웠냐고.
안광남	죽일 놈이었다고 그러지 그랬어.
고이랑	안 그래도 그랬어요. 어렸을 땐데도 기억이 나나 봐요.
안광남	어떤 게 기억난대?
고이랑	까칠한 턱수염. 발꿈치 굳은살을 신문 보면서 손톱으로 뜯어냈대요, 당신이. 하루는 넘어져서 무릎이 까졌는데 아빠가 약을 발라주었대요. 아플세라 살살. 후후 하면서. 나머진 고주망태 추억이죠. 문화촌 산꼭대기까지 물 긷기가 얼마나 힘들었는 줄 아세요? 먹을 물을 이만한 물통에다 겨우 길어다 채워놓으면 밤중에 당신이 척 누워 있죠. 물속에 양복까지 입은 채로. 당신이 좀 무거웠나요. 현숙이하고 겨우 옮겨놓고 밤새

다림질하죠, 양복을. 다음 날 그 옷 입고 출근해야 하니까.
어떡해요, 단벌 신산걸. 지갑은 지갑대로 따로 말리고.

안광남   그래 그랬던 기억이 나는군.

고이랑   그랬던요? 곱하기 열은 해야 될 거예요.

안광남   그런 게 다 기억난대?

고이랑   영특해요.

안광남   남자 친구는 있나?

고이랑   맨날 보고 싶어 해요.

안광남   날? 싫어. 날 봐서 뭐 하겠다고.

고이랑   지 아빤데요.

안광남   애비도 애비 나름이지. 여기 좋은데? 이런 데가 있었나?

고이랑   술 실력은 여전하시죠?

안광남   헤헤헤. 그렇지 뭐. 오랜만이야.

고이랑   예. 갑영 씨 통해 얘긴 쭉 듣고 있었어요.

안광남   뭐래?

고이랑   그대로죠 뭐. 회사 차렸다. 이혼하더니 승승장구다. 망할 것
         같다. 망했다. 감방 갔다. 나왔다. 빌빌댄다. 돈 대주다가 두상
         씨까지 망했다. 두상 씨와 구멍가게 한다. 예상대로 때려치웠다.
         택시 운전한다. 술빨 뻥빨 여전하다.

안광남   다 알고 있었군.

고이랑   두상 씨는 잘 계시죠?

안광남   그럼 그럼.

고이랑   두상 씨가 그래도 행복한 사람이에요. 가진 것 다 바쳐서 순정을
         줄 수 있는 상대가 있다는 게. 곰곰이 생각해보죠. 과연 내가
         민두상이라면 안광남 같은 존재가 있을까……

안광남	크흐흐흐. 내가 얘기한 적 있나? 고등학교 때 그치 얘기?
고이랑	아뇨.
안광남	두상이가 전학 왔어. 첫눈에 모범생이더라구. 우린 교모를 열십자로 찢어 재봉틀로 박아서 평창으로 만들고, 윗단추 하나 풀고, 나팔바지를 입어야 그래도 논다는 족보에 끼일 수 있었거든. 내가 두목이었지. 애들이 두상이를 손 좀 보재. 공부도 잘하고 여자애들한테 인기가 최고였지. 여자애들끼리 서로 싸웠다니까.
고이랑	서로 니가 가지라고?
안광남	손보는 자리에서 두상이가 부두목한테 맞짱 뜨자고 했나 봐.
고이랑	맞짱이요?
안광남	응. 일대일로 싸우는 거. 부두목이 얻어맞았지. 난 그날 땡땡이치는 바람에 학교에 없었거든. 다음 날 학교 가니까 부하 놈들이 다 날 쳐다봐. 두상이를 불렀지. "무릎 꿇어." "못 꿇겠다." "못 꿇으시겠다?" "그렇다." "너 이 새끼, 수업 끝나고 희망빵집 앞에서 기다려. 토끼면 죽어." "20분쯤 늦을 거다. 오늘 청소니까." 이래? 수업 받는데 두려운 거야.
고이랑	왜요?
안광남	샌님 같은 게 당당하게 나오니까 이상하더라구. '이 새끼 안 나왔으면……' 했는데 나오더라구. "맞짱 뜨시겠다? 어떤 무기로 할까? 골라, 이 새꺄." "주먹으로 하자." "자식 웃기는 놈이구만" 하면서 대가릴 한 대 쳤지. 가만히 노려봐. "뭘 봐, 이 새꺄. 따라와 새꺄." 앞장섰지.

고이랑   묵묵히 따라와요?

안광남   응. 질 거라는 예감이 들더라구.

고이랑   왜요?

안광남   기싸움이라는 게 있거든. 투견장에 가봐도 겁먹은 것들이
        깽깽 짖더대. 일단 부하들은 못 따라오게 했지. "짱깨 집에서
        기다려." 둘은 싸움터로 가고. 가면서 떠봤지. "너 내가 누군지
        알어, 인마?" "안다." "그럼 태권도 몇 단인지도 알겠구만."
        빙긋이 웃기만 해. 30분 거리가 세 시간 정도로 긴 것 같더라구.
        '소나기나 내렸으면……. 아버지나 만났으면…….' 싸움터에
        도착했지.
        "어때. 지금이라도 늦지 않았어. 가고 싶으면 가봐. 애들한테
        아무 말도 안 할 테니." 자식이 씨익 웃어. "치료비 없구
        꼰지르기 없기다." "알았어." 교복을 난폭하게 벗어 휙 던지고는
        앞차기, 옆차기 연습을 했지. "덤벼, 이 새꺄" 그랬더니 두상이는
        천천히 교복 단추를 풀고 옷을 벗어 나뭇가지에 곱게 걸쳐놔.
        붙었지. 피투성이가 되도록. 내가 기절했어. 마지막 한 방에.
        끝까지 이겼다는 얘길 안 하는 거 있지. 친구들한테. 지금까지도.

고이랑   사내군요.

안광남   진짜 사내 중의 사내지.

고이랑   기다렸죠.

안광남   뭘?

고이랑   혹시 당신이 먼저 만나자고 유혹해올까 하고.

안광남   내가?

고이랑   그럴 사람이 아니란 걸 번연히 알면서도. 여자들은 늘상 그래요.
        막판까지 삐대구 기다리구 샘내구.

안광남	……기 되게 좋은데.
고이랑	가을이 오려나 봐요. 더위가 가실 것 같지 않더니만. 추워요?
안광남	아니. 고기가 연하고 싱싱하더라구. 잘 먹었어.
고이랑	술 한잔하시지그래요?
안광남	이 집 비쌀걸?
고이랑	후후후. 드세요. 그 정도 돈은 준비해 왔어요.
안광남	아냐. 내가 낼 거야.
고이랑	누가 내든.
안광남	됐어. 낮에만이라도 깨어 있어야지……. 미안해.
고이랑	…….
안광남	가지.
고이랑	…….
안광남	앞으론 연락하지 마.
고이랑	내 맘! 언제 쓰자는 내 맘인데?
안광남	사내는 돌아설 때 아름다워야 한대. 난 그럴 자신 없어. 축 처진 뒷모습도 보이기 싫고.
고이랑	여전하시군요. 그 쓸데없는 자존심은.
안광남	돈 좀 꿔주라.
고이랑	예에?
안광남	농담이야. 자, 가자구.

4장

저녁이다.

라디오에서 클래식 음악이 흘러나온다.

민두상, 왔다 갔다 한다.

어디 전화할 양으로 수화기를 들었다가 힘없이 놓는다.

모자를 써보고 거울도 보고 잡지책도 뒤적인다. 마음이 혼란스럽고
불안하다. 깊이 생각에 잠긴다. 뭔가 떨굴 양으로 개다리 춤을 춘다.

안광남, 수건으로 얼굴을 닦으며 내실에서 나오다가 민두상의 이런
모습을 물끄러미 본다. 라디오를 끈다.

민두상   왜 꺼?

안광남   살려주라. 저놈의 깽깽이 소리만 들으면 이 친구 깽깽낑낑
          돼져가는 거 잘 알잖누.

민두상   미친놈.

안광남   바늘로 콕콕 찌르는 거 같애.

민두상   아이구 아이구, 두꺼비집도 제대로 못 만지는 주제에 싫어하는
          것도 많아요.

안광남   이론이야 알지. 두꺼비집을 열어. 전원 꼬다리를 내리구. 이제
          퓨즈를 갈면 되잖아? 순간 스치는 생각이 있다. '모든 법칙엔
          예외가 있다는데.' 우표도 침을 발라 잘 붙여. 꼭 떨어질 것 같애.
          다시 떼서 침을 왕창 발라 붙여. 안 붙어.

민두상   쯧쯧쯧.

안광남   야, 오늘 말이야. 늘씬한 아가씨가 요런 치마 입고 옆자리에

앉았는데 마음이 요상하데.

민두상 짐승아.

안광남 인간도 짐승이다. 너. 사내자슥이 이쁜 기집 보면 설레고 아찔한
것도 있어야지.

민두상 그래서 택시 탄 손님하고 어쨌는데?

안광남 누가 어쨌대? 그렇더라는 원론적인 얘기지.

민두상 야. 그런데 뭐 무슨 일을 저지른 사람처럼 씩씩거리면서 호들갑
떠냐.

안광남 너 어째 오늘따라 이상타.

민두상 이상하겠지.

안광남 신경질 부리고 딴지나 걸고.

민두상 …….

안광남 고민 있냐? 말해, 인마.

민두상 고민은 무슨. 어제 바퀴벌레 약 쳐서 그래. 고것들 너무
뻔뻔스러운 거 있지. 발라당 누워서 뒈져버린다. 죄송스러운 맛이
전혀 없어. 얼마나 속 썩였냐. 용서를 구해도 한참을 구해야 할
텐데.

안광남 아냐, 무슨 일 있어.

민두상 아냐.

안광남 근데 왜 매가리가 없냐? 삼촌 돈 땜에?

민두상 그냥. 이것저것.

안광남 걱정 마. 다른 데 또 알아볼게. 장길수 그 자식 하필이면
큰 주문을 받아서 재료 사느라 돈이 없다고 계약서까지
보여주더라니까.

민두상 한번 덴 데는 털이 안 나.

안광남	맞아. 나 같은 놈한테 누가 꿔주겠어. 그치만큼은 믿었는데……. 걱정 마. 이 안광남이가 어떻게든 융통해볼 테니까.
민두상	서럽지? 안 꿔주니까.
안광남	그 새끼로 봐선 하룻밤 술값 아니겠어. 더러운 자식. ……걱정 말라니까. (빗자루 채 잡고 골프 연습을 한다.) 정 안 되면 계 타버리자구, 응?
민두상	…….
안광남	왜 대답이 없어? 타버리면 되잖아.
민두상	응…….
안광남	너 진짜 무슨 일 있는 거 아냐?
민두상	(빗자루를 피하며) 아, 저리 가서 해!
안광남	헤헤헤. 너도 해봐.
민두상	싫어.
안광남	헤헤헤. 나 이쁘지?
민두상	왜?
안광남	술 안 먹고 빨리 들어왔잖아.
민두상	인마. 내가 니 마누라냐? 일찍 들어왔다고 이뻐하게.
안광남	옳아. 어제 칼국숫집에 안 갔다고 심술이 도졌구나?
민두상	그래. 혼자 밥 먹기가 얼마나 싫은 줄 아냐.
안광남	우린 맨날 그랬잖아. 따로따로……. 헤헤헤. 늘 따로국밥 먹었잖아. 혼자서.
민두상	그런 것도 유머냐? 그러니까 어떤 날 하루만은 안 그럴 때도 있어야지.
안광남	너 진짜 이상타.
민두상	그리고 고이랑 씨를 만났으면 가타부타 뭔 말씀이 있으셔야지.

안광남	별말씀이 없으셨어.
민두상	없었어도 무슨 말인간 오갔을 거 아냐. 하냥 살면서 제일 얄미운 게 뭔지 알어? 이쪽은 미주알고주알 다 상의하고 다 뜻을 구하는데 저쪽은 돌부처 황소처럼 여물만 여물여물 우물우물. 야구공만 한 눈알만 꾸벅꾸벅 떴다 감았다 떴다 감았다. 나중에도 저 혼자 되새김질해댔쌓고. 그런 일이 반복되다 보면 이쪽에선 무슨 생각이 드는 줄 알어? 넌 도통한 놈 같고 난 도통한 놈 시봉 드는 촐랑이 같애. 쪼다리 반푼이 같다구.
안광남	아무 얘기 없었다니까.
민두상	그럼 눈빛만 서로 지지직 불태우다가 속상해서 술 취해 들어왔냐?
안광남	그래.
민두상	너, 내가 그랬지? 그건 점심 약속이니까 나하곤 저녁 먹자고.
안광남	왜 그래?
민두상	지지직만 거렸다면 그만큼 빨리 헤어졌을 거 아니냐. 나머지 시간은 뭐 했누?
안광남	어딜 들렀어.
민두상	어딜?
안광남	심란했을 거 아니냐.
민두상	(버럭 소릴 지른다.) 어제 내 생일었다, 이놈아.
안광남	뭐야?
민두상	너, 내가 니 생일 때 어떻게 해줬지? 전날 백화점에 가서 선불을 주고 맞췄고 다음 날 이른 아침에 니 품에 앵겨줬어. 장미꽃 일흔일곱 송이를. 7자를 하두 좋아하니까. 그것도 꽃몽올이 막 피려는 싱싱한 것들로만. "민두상이. 야, 이거 감동적이다 야. 껌

팔아 몇 푼 남는다고. 꽃 받는 게 이렇게 기분 좋은 건지 예전에
미처 몰랐다이.” 꽃 뭉치가 한 아름이니까 갓 나은 갓난애길
안은 양 신나 했었지. 그랬으면 너도 뭔가 감동을 줘야 되는
거 아니냐. 무심해. 너만 있고 나는 없어. 자랑하자는 얘기가
아니다, 인마. 그래 결국은 자랑하자는 얘기다. 왜, 그럼 안 되냐?

안광남   (머릴 감싸며) 아유, 이 돌대가리.

민두상   씨팔, 어제 여기서 나 혼자 라면 끓여먹었다, 왜. 그러고 나서도
         할 일이 없어 바퀴벌레 약 쳤다, 왜.

안광남   아이고 이거 어떡하냐. 니 생일 때 이런 걸 선물하겠다고
         구상까지 끝마쳤는데. 미안하다. 정말 미안하다.

민두상   왜 미안한 일을 맨날 하고 댕겨?

안광남   그러게나 말이다. 내일 사다 주면 안 되냐?

민두상   안 돼.

안광남   생일이 지났어도…… 친구 사인데…… 좀 안 되겠냐?

민두상   뭔데?

안광남   지갑이야. 진짜 악어가죽으로 사줄게.

민두상   지갑이 뭐 필요하냐.

안광남   악어가죽이 복을 갖다준대.

민두상   헤헤헤. 받은 걸로 치지. 어디 갔었누? 고이랑 씨랑 헤어지고
         나서.

안광남   응, 실은 누가 소개해줬어. 한번 들러보라구. 거위털 이불을 하나
         팔면 40만 원 준대.

민두상   얼마짜릴?

안광남   198만 원짜릴.

민두상   2백이면 2백이지 198은 또 뭐냐.

안광남   다섯 개만 팔면 2백만 원 아니냐.

민두상   쯧쯧쯧.

안광남   너무 비싸겠지? 그 비싼 걸 누가 사겠어? (눈치를 살피며) 눈
       딱 감고 친구들 찾아가볼까? 안 되겠지? 쪽팔릴 거야, 그치?
       다른 물건도 있어. 자석 요인데 그건 훨씬 싸. 대신 이문도
       적고. 화장품도 있는데 그건 내가 팔기엔 좀 그렇잖아. 헤헤헤.
       만화책도 팔더라. 어떤 사람은 한 달에 5백씩 번대. 잘만 팔믄
       부장도 되고 상무도 된다더라.

민두상   아서라. 션찮은 국에 입 델라.

안광남   알아. 내가 팔 데가 어딨겠어. 몇 군데 돌다 판나겠지. 그렇다고
       모르는 집에 불쑥 들어가 물건 팔 주접도 못 되고……. 너 거위털
       이불 한 채 살래? 2백뿐이 안 하는데.

민두상   거기 사람하고 술 마셨냐?

안광남   아니 혼자서. 닭발집에 가서. 잠깐 앉았던 것 같은데, 문
       닫는다잖아……. 현숙이 에미는 얼굴이 좋아 보이더라. 잘
       헤어졌지 뭐, 그 여자로 봐선.

민두상   너로 봐서도 그래. 니가 그나마 정신 차린 것도 갈라섰기
       때문이야.

안광남   그럼 그럼.

민두상   언제 또 만나기로 했냐?

안광남   아니, 다시는 안 만나.

민두상   왜?

안광남   그냥. 복권 사볼까?

민두상   무슨 좋은 일 있어?

안광남   응.

민두상	뭔데?
안광남	드디어 내일이면……. 우하하하.
민두상	왜?
안광남	내가 몰던 택시가…….
민두상	택시가?
안광남	7만 7천 7백 7십 7킬로를 관통한다 이 말씀이야. 생각해봐라. 계기판에 77777. 기똥차지 않냐? 그 순간 천호동이든 영등포든 어디든 차를 정지시키고 시동을 끄고 안전벨트를 풀고 차에서 내리는 거야. 인도로 가는 거야. 뒤에서 빵빵거리든 말든.
민두상	그러곤?
안광남	일단 소주를 한 병 까고……. 음…… 음…… 애국가를 부를 거야. 헤헤헤.
민두상	미친놈.
안광남	말 잘했다. 그래 미친놈처럼 부를 거야. 큰 소리로 바락바락. 한국 놈이 한국 길바닥에서 한국 국가를 부르겠다는데 누가 뭐래.
민두상	애국가 모독죄로 택시 대신 닭장차 탈지도 모르겠다.
안광남	야. 너도 내일 가게 문 닫고 같이 다니자. 어때?
민두상	쯧쯧쯧.
안광남	역사적 순간을 같이 맞아하잔 말이다. 어떠누, 민두상?
민두상	싫다, 안광남.
안광남	어떠신가 아우님.
민두상	싫소이다 형님.
안광남	웬일이냐? 니가 형님이라 할 때도 있고.
민두상	상놈의 나라에선 나이가 벼슬이잖아.

안광남	헤헤헤. 좋은 일이 있을 거야. 안 그래?
민두상	암튼 좋다. 니놈이 오랜만에 싱글벙글하니까.
안광남	참 이상하다. 고이랑이가 아직도 내 마누라 같은 거 있지?
민두상	참 희안한 일도 많아이? 난 진짜 이해가 안 간다.
안광남	뭐가?
민두상	남녀 문제 세 가지. 첫째, 사내가 아주 근사한데 못생긴 여자와 만난다. 둘째. 이번엔 여자가 최곤데 사내는 거지발싸개다.
안광남	셋째.
민두상	기똥찬 여자와 결혼한 놈이 못난 여자와 바람피우는 거 정말 이해가 안 돼.
안광남	너 지금 내 얘기 하는 거지?
민두상	속 시원히 말해주라.
안광남	바람피우진 않았다.
민두상	색싯집 가서 술 처먹고 그랬잖아. 이유가 뭐냐?
안광남	꼭 듣고 싶냐?
민두상	그래. 진짜 불가사리다.
안광남	간단해. 가까이 있을 땐 몰라.
민두상	야. 그러지 말고 고이랑하고 합치지 그러냐.
안광남	아름다운 거리.
민두상	그게 뭔 말이야?
안광남	가까워질수록 일정한 간격이 필요한 그런 관계도 있다. 고이랑한테는 내가 떨어져 있을수록 좋아.
민두상	왜?
안광남	그 여자는 이조 백자고 난 이조 백자에 보기 흉하게 묻어 있는 김칫국물 같은 거걸랑. 물걸레질해서 나 같은 건 싸악 씻어내는

게 좋지.

민두상   야, 너 나하고도 그래?

안광남   우리사 필요 없지.

민두상   그렇지?

안광남   그럼. (손목을 주무른다.)

민두상   또 쑤셔대?

안광남   그 단계 지났어. 한창 아플 땐 어땠는지 아냐? 기어를 넣을 수가 없어서 왼손으로 (핸들과 기어를 재빨리 오가는 시늉) 이랬다.

민두상   진짜 안 꺾이냐?

안광남   힘 있으면 꺾어봐. 부러질 게다.

민두상   너 초기 단계가 아니다. 류머티즘 중증이다.

안광남   그래. 몰랐었냐?

민두상   병원에 가봐.

안광남   수술해봤자야. 병원비도 없고.

민두상   병원비가 문제냐?

안광남   기사 식당에서 이런 사람 본 적 있다. 개인택시 기산데 암 환자야. 너무 번져서 수술도 해봤자고 선고까지 받았대. 두 달 뒤에 죽는대. 그런데도 택실 모는 거야. 하루 벌어 하루 사는 놈이 일 안 하면 어떡하냐고. 큰애가 고3이라나. 하루 하루 죽어가며 운전을 하는 거지. 주행거리가 올라갈수록 사망 거리는 짧아지고. 가끔씩 그 사람 생각난다. 차를 몰고 어디로 가는 건지. 사망선을 향해 치닫는 건 아닌지.

민두상   야. 내놔.

안광남   없어.

민두상   또 뒤져?

안광남   그래.

민두상   후후후.

안광남   후후후.

민두상   얻다가 꼬불쳤을꼬? 후후후. 양말 속?

안광남   왜?

민두상   자야 될 놈이 발을 안 씻고 나왔단 말씀이야.

안광남   개자식. (양말 속에서 5천 원을 꺼내 준다.)

민두상   (받는다.)

안광남   후후후.

민두상   후후후.

안광남   돈 좀 꿔주라.

민두상   얼마나?

안광남   빌딩 짓게. 77층짜리.

민두상   77만 원이면 짓냐?

안광남   그 정돈 있고?

민두상   있다, 욘석아.

안광남   잘났다, 욘석아.

민두상, 고이랑의 사진을 찍으려 한다.

배경 막 앞에 고이랑이 의자에 앉아 포즈를 취하고 있고 민두상은

사진기 앞에 서서 고이랑을 쳐다보고 있다.

민두상   고개 좀 요렇게……. 예. 어깨가 올라갔는데요? ……예 예.

          자, 웃으세요. 좋습니다. 자, 찍습니다. 하나 둘 셋. (찍는다.)

          됐습니다.

고이랑   잘 나올지 모르겠어요. 옷도 그렇고 머리도 그렇고.

민두상   엉겁결에 찍는 게 최곱죠. 원판이 훌륭하신데요 뭘. 꼭

          찍어드리고 싶었습니다. 찍새 된 기념으로.

고이랑   사진관 하시니까 어때요?

민두상   사진관 하면서 예술 사진 좀 찍으려고 했더니 시간이 더 없는 거

          있죠? 광남이를 꼬셔서 다시 구멍가겔 하자고 해야겠어요.

고이랑   구멍가게를 다시요?

민두상   예. 손님이 왕왕거리잖아요. 사람 구경하는 게 어딘데요. 여긴

          너무 갑갑해서요.

고이랑   그럼 다시 옮겨서 해보세요.

민두상   헤헤헤. 그저 하는 소리죠 뭘. 입에 딱 맞는 게 어디 있겠어요?

          이렇게 뵙게 되니 하소연 비슷하게 늘어놓은 겁니다.

고이랑   저어, 무슨 일이 있어요?

민두상   예에?

고이랑   갑자기 보자고 하신 게……?

민두상	아, 아닙니다. 그냥요. 진즉에 여길 보여드린다는 게 그만.
고이랑	전 또 무슨 일이 생겼나 해서 은근히 걱정했어요.
민두상	(과장되게) 일은요! 별일 없어요. 아무렴요. 뭐 뭔 일이 있겠습니까.
고이랑	그러잖아도 그이가 돈 좀 꿔달라고 했거든요.
민두상	광남이가요? 농담이었겠죠. 전에 무슨 일이 있어서 "이랑 씨한테 꿔볼까?" 그랬더니 죽일 듯이 지랄 난리를 피우더라구요. 어려운 형편 잘 아는데요 뭘. 아마 농담이었을 겁니다.
고이랑	아직도 제가 돈 댄 거 모르죠?
민두상	그럼요. 그치가 알았다간 큰일 나게요?
고이랑	두상 씨가 갑자기 만나재지, 그이는 농담이었는지 어쨌는지 돈 꿔달래지 영락없이 그이가 또 사고 친 줄 알았죠.
민두상	이젠 그러더라도 놔두세요. 망치가 가벼우면 못이 위로 솟아요. 다질 때 다지게 내버려두세요.
고이랑	다지다뇨?
민두상	아, 이런 생활 말입니다. 어설프게 빠져나왔다간 언젠가 또 당하게 돼 있죠.
고이랑	아직 연락 없죠?
민두상	누구요?
고이랑	도상길…… 씨 자(字)를 붙여야 되나 어쩌나.
민두상	씨 자는 무슨. 딸년 나이인걸요.
고이랑	몇 살 차이죠?
민두상	헤헤헤. 스물다섯이요. 염치없죠?
고이랑	친정에 있나요?
민두상	예. 들어왔대요. 아시죠? 젊은 놈하고 눈 맞아 나갔던 거.

고이랑	예. 전에 말씀하셨잖아요.
민두상	광남이나 이랑 씨나 저나 상길이나 엇갈린 만남이었나 봐요.
고이랑	모르죠. 당시엔 모르죠. 한참 뒤에나 알까 말까……. 용서하실 거예요? 다시 합치자면?
민두상	헤헤헤. 끝났습니다. 도장 찍어달래요.
고이랑	이혼하자구요?
민두상	뭐 이혼이랄 거나 있나요. 2년도 채 못 살았는걸.
고이랑	애기라도 있었으면 나았을 텐데.
민두상	광남이는 그러데요. 계집도 싸가지가 없지만 택일도 잘못 했다구. 49세에 4월 9일 날 결혼하는 놈이 어딨내요. 49…… 쌔구. 노름판에서도 쌔구는 깽판이라 다시 하는 거래요.
고이랑	그 양반 숫자 따지는 거하고는……. 실은 도상길 씨를 만났어요.
민두상	예에? 이랑 씨가요? 언제요?
고이랑	두세 달 됐을 거예요. 좋은 소식이 없길래…….
민두상	뭐 하러 만나셨어요. 괜시리 수고스럽게.
고이랑	도움이 될까 해서요. 같이 도망쳤다는 그 남자가 첫사랑이래요. 그 남자는 지금 다른 여잘 만난대요. 그래도 그쪽을 못 잊어 하는 눈치였어요.
민두상	정리했죠. 도려내기로. 이젠 원망도 안 해요. 그 친구도 발령 한번 잘못 받아 모진 홍역 치르는 겁니다. 좋은 대학 나와 그 많은 직장 놔두고 하필이면 제 비서로 올 게 뭐였겠어요.
고이랑	인생사가 참 뜻대로 안 되는 거 같죠? 만나고 헤어지고……. 멋있는 작별이란 없나 봐요. 그런 흉내를 내보고 집에 와선 울며불며 후회하는 거 아니겠어요?
민두상	쉽진 않더라구요. 인연을 맺고 푸는 게.

116

고이랑	틈이 벌어지면 메꾸기 힘든 게 있어요. 사람의 마음이죠. 실금이 났을 때가 마지막 기회죠. 한 발이라도 담그고 있어야지 두 발 다 빼게 되면 봉합이 안 될 거예요. 옛날로 돌아갈 수도 없죠.

고이랑, 실내를 둘러보다가 안광남의 사진 앞에 선다.

민두상	광남이한테 잡지를 보여주면서 "예술 사진이란 이런 거다, 인마" 그랬더니 "미친놈. 지가 찍은 예술 사진 놔두고 멀리 찾고 있네" 해요. 그게 바로 이거예요.
고이랑	정말 잘 찍으셨는데요?
민두상	헤헤헤. 그렇습니까?
고이랑	심술기가 전혀 없잖아요.
민두상	외판 사원 하고 싶은가 봐요.
고이랑	책 세일즈 같은 거요?
민두상	예. 뭐 이것저것. 거위털 이불도 있고.
고이랑	그이가 학교 휴학하고 울릉도에서 오징어잡이 할 때 제가 편지를 썼죠. "형이 복학해서 옆구리에 책을 끼고 들어서기를 모퉁이 찻집에서 기다리고 있겠노라." 느지막이 말대로 됐군요. 옆구리에 책 끼고 세일즈 하게 되었으니.
민두상	아마 안 할 겁니다.
고이랑	그 사람은 무얼 하나, 어디에 있나 늘 떠돌이예요. 진드감치 있는 법이 없었죠. 아무 때고 들어와서는 다시 훌쩍 떠나버리고 현숙일 낳고 나서야 그나마 자릴 잡았죠. 그때까지 혼인신고도 안 한 거 있죠. 마음 편히 어부나 하게 내버려둘걸 그랬나 봐요.
민두상	어부라고 제대로 했겠습니까. 그 싫증 잘 내는 인사께서.

고이랑   그것만은 입맛에 맞았을지도 모르죠. 사주를 봐도 항상
         나오더라구요. 물을 가까이 해야 좋을 사람이라구.

민두상   그 말이 맞네요. 요즘에야 하는 일마다 물먹고 있으니까.

고이랑   그 사람 매일 늦죠?

민두상   예. 뭐 하고 다니는지 모르겠어요. 노는 날도 붙어 있는 법이
         없어요.

고이랑   저한테도 그러데요. 소주 한 병 사 갖고 여인숙에 가서 한입에
         털어 넣고 틀어박혀 잔다고요. 낮잠 잘 데가 없다고.

민두상   헤헤헤. 그래도 제 얘긴 잘 듣는 편이에요. 하루 5천 원씩 일수
         찍는 것도 신통하리만치 꼬박꼬박 갖다줘요. 매일 다독거리지요.
         '작은 것이 아름답다. 작은 꿈을 실천하자. 5천 원씩 백만 원을
         모으자. 천만 원을 모으자.' 제 말에 설복당해 그날 하루 작은
         꿈을 다지고 다음 날엔 다시 실의에 빠지고. 반복, 반복이죠.

고이랑   그래도 오래 버티는 거예요.

민두상   지가 안 버틸 수 있나요. 상황이 이런데.

고이랑   옛날 같았으면 어림도 없죠.

민두상   그 녀석. 이해가 안 되는 것도 아녜요. 지도 속상하겠죠.

고이랑   주먹잡이가 있었어요. 어떤 여잘 무척 사랑했지요. 자기한테
         어울리지 않는 지적인 여자를. 여자는 남자를 조금도 사랑하지
         않아요. 납치 비슷하게 해서 강제로 결혼했지요. 냉담한 생활이
         이어졌어요. 주먹잡이는 끝내 여자의 사랑을 받지 못하고 밖으로
         돌기 시작하죠. 홧김에 닥치는 대로 술집 여자와 놀아나다가
         결국 자살해버리고 말죠…… 그이 아버지 어머니 얘기예요.

민두상   예에? 아니, 그럼?

고이랑   원만한 사람은 못 되죠.

민두상   아, 그런 일이 있었군요. 상처가 컸겠네요.

고이랑   잘은 모르겠어요. (화제를 바꿀 양) 때론 야속할 때도 많죠?
         그이한테.

민두상   헤헤헤. 둘 다 여자에 실패했으니 인생의 반은 실패한
         거고 나머지 반이야 사내들 우정 아니겠어요? 그거라도
         잘해봐야죠…….

고이랑   옛날엔 통행금지가 있었잖아요.

민두상   그랬지요.

고이랑   갓난둥이 현숙일 업고 야밤에 골목 입구에서 기다렸지요. 택시가
         거기까지뿐이 안 올라왔거든요.

민두상   문화촌에 살 때요?

고이랑   예. 사이렌이 울리고 얼마간 있으려니까 택시가 오더니 그이가
         내려요. 어떻게 하나 두고 봤지요. 내려서는 쓰레기통에 기대
         그냥 자더라구요. 약 올라서 내버려두었어요. 택시가 한참을
         안 가요. 이상하다 싶었을 때쯤 기사가 창문을 내리고는 "댁
         남편이슈?" "예." "자, 여기 있쉐다." 월급봉투였어요. 그이가
         택시를 타더니 봉투째 주면서 "이거 니 거야. 이쪽 치면 좌회전,
         이쪽 치면 우회전이다. 알겠나?" 뒷좌석에 앉아 구두 양말 다
         벗고, 다리를 운전석에 올려놓고, 맨발로 기사 볼따구를 이리
         치고 저리 치고 그때마다 우회 좌회 하며 거기까지 온 거였죠.
         화가 나서 가지려 했는데 행색이 초라한 날 보자 마음이 돌아선
         거죠.

민두상   그래요. 그러고도 남았을 겝니다.

고이랑   "이게 댁 남편 구두요." 창문으로 휙 던져버려요. 봉투에서
         택시비를 꺼내 주려는데 "미친 개새끼 차비는 안 받쉐다" 하면서

휙 가버려요. 통행금지가 해제될 때까지 현숙이와 둘이서 실컷 울었지요. 현숙인 추워서 울고 전 속상해서 울고. 배고파 울었을지도 몰라요. 분유 값이 없어서 보리차 물을 멕일 때도 있었으니까. 하루 택시비면 분유 몇 통을 샀을 거예요. 분유 몇 통만 찬장에 쌓아놔도 든든할 때였구.

민두상   술 취하면 삥이 가나 봐요.

고이랑   두상 씨가 쌀하구 찬거릴 사 가지고 오실 때면 그렇게 고마울 수가 없었어요.

민두상   무슨 말씀을. 위대한 인간이지요. 표절 복제가 불가능한.

고이랑   이젠 두상 씨가 시집살일 톡톡히 치르시는 거네요. (가볍게) 쌀하고 고기는 제가 댈게요.

민두상   아이구, 그런 소리 마십쇼. 저는 이랑 씨만 뵈면 미안해 죽겠어요. 이젠 사람 많이 됐어요. 요샌 술 취하면 얼마나 귀엽다구요. 얌전히 앉아 있어요. 멍하니 한군데만 쳐다보고. 말이 없지요……. 측은하기도 해요.

고이랑   측은한 거야 두상 씨지요. 친구 잘못 둔 죄로.

민두상   (모자를 쓰며) 어때요, 이 모자?

고이랑   잘 어울리는데요.

민두상   광남이가 아프리카 놀러 갔다가 사다 준 거예요. 10년도 넘었죠. 하루에 한 차례씩 꼭 손질을 하죠. 털 것도 없는데 그냥 털고 닦고 그러죠.

고이랑   고등학교 때 맞짱 떴다면서요?

민두상   그런 얘길 다 해요, 그 친구가?

고이랑   자기가 졌다던데요? 통뼈시라구.

민두상   명동 얘긴 안 합디까?

고이랑   명동은 또 뭐예요?

민두상   우리 학생 때야 술 먹는 게 전부 아니었던가요.

고이랑   그랬죠.

민두상   과 친구들하고 어울려 술에 취해 명동 거릴 가다가 럭비
선수들하고 시비가 붙었죠. 별것도 아니었어요. 건방지게
걷는다면서 이따만 한 럭비가 과대표를 뻑 때렸죠. 코피가
터졌는지 얼굴이 피범벅이고. 싸우다 보니 혼자예요. 친구들은
무서워서 다들 도망가고.

고이랑   저런.

민두상   얻어맞으면서도 도망친 친구 놈들이 원망스러웠죠.
저런 자식들이 사내새끼가⋯⋯. 오히려 울분이 그쪽으로
쏟아지더라구요. 방금 전까지 인생이니 진실이니 같이 떠들던
친구 놈들은 도망치고⋯⋯. 참 더럽더라구요.

고이랑   그랬겠네요.

민두상   그때 누가 끼어들어 제 편이 됐어요. 깨어보니 병원인데 옆
침대에 광남이가 있더라구요. 전 3일 만에 퇴원하고 광남이는
한 달 만에 나왔죠. 얼마나 악바리로 대들었는지 성한 데가
없었어요. 누가 그러는데 나중엔 (울먹인다.) 광남이가 저를 꼬옥
껴안고 있더래요. 엄마처럼. 힘은 부치고 친구는 다치겠고. 라면
먹으러 가다가 날 보았대요. 제 대신 실컷 맞은 셈이죠. 그게 제가
대학 1학년 때고 광남이는 재수할 때죠⋯⋯.

6장

민두상, 전화를 걸고 있다.

민두상   응……. 아니……. 식구들 잘 있고? ……나야 뭐 그렇지. ……실은
        대출 좀 받을 수 있나 허구. ……담보? 없어. 다급해서 그래. 나
        이런 전화 하는 사람 아니잖아. 죽기보다 싫다 야…….
        2, 3백 정도도? ……그럼 그럼. 잘 알고말고. ……아니야. 어려운
        줄 알고 걸어봤어. 혹시나 하구……. 미안하긴 뭐. 내가 그
        사정 모르나? ……그래 그래. 나도 보고 싶다 야. ……그래 한번
        연락할게. 잘 있어. 미안하다. 끊는다.

        수화기를 힘없이 내려놓는다.
        낭패한 표정.
        잠시 주저하다가 수화기를 든다.
        도로 내려놓는다.
        다시 수화기를 들려는데 안광남이 등장한다.
        그의 손엔 가방이 들려 있다. 다소 상기된 표정과 행동.
        민두상은 골똘히 생각하느라 안광남의 등장을 모른다.

안광남   어이, 민짜 머리. 안녕하신가.
민두상   어, 너 웬일이야?
안광남   형님 맞이하는 자태 봐라. 인마, 형님이 왔으면 일어났다 앉는
        맛이 있어야지.

민두상	나 지금 농담할 기분 아냐. 무슨 일이냐? 나간 지 서너 시간밖에 안 된 놈이. 설마 나 보고 싶어서 일하다 말고 왔을 린 없고.
안광남	크흐. 날씨 좋더라.
민두상	이리 와 앉아.
안광남	우하하하하. 야! 개다리 춤을 이렇게 추던가.
민두상	왜 그래? 무슨 일 있었어?
안광남	우하하하하.
민두상	웃지만 말고 말해라, 인석아.
안광남	(심각하게) 야! 나 이거 어떡하냐.
민두상	(놀라서) 사고 쳤구나.
안광남	어이, 민짜 대그빡. 자넨 사고 쳤을 때 표정이 이리 흐뭇하던가?
민두상	아. 너 오늘 좋은 일 있나 보다. 시외 손님 태웠어?

안광남. 가방을 탁자 위에 올려놓는다.

민두상	어? 이 가방 뭐냐?
안광남	열어봐.
민두상	니가 열어.
안광남	열어봐.
민두상	(열어본다. 순간 경악) 우와.
안광남	물 한잔 주라.
민두상	아니 이건?
안광남	물 한잔 줘.
민두상	너 훔친 거 아니냐? 은행 턴 거 아냐?
안광남	마음 진정시키는 덴 냉수가 최고인 기라. 니놈도 물 가지러

	가시면서 또 오시면서 흥분 좀 다스리시고.
민두상	알았어. (물을 갖다준다.) 대체 어떻게 된 거야? 얼마냐? (가방을 뒤진다.)
안광남	세봐……. 셀 것 없어. 8천 3백.
민두상	히야. 주웠냐?
안광남	시리도록 푸른 하늘이더만.
민두상	응?
안광남	완연한 가을이야. 코스모스 한들한들대는.
민두상	야, 인마. 궁금해 미치겠다.
안광남	점심 먹으려고 기사 식당에 차를 박았어. 내리려는데 웬 가방이야. 여는데……. 우하하하하.
민두상	누구 건지도 모르고?
안광남	응.
민두상	히야. 살다 보니 별일 다 있다 야. 손님 거구나?
안광남	응. 몇 손님 태웠지.
민두상	그중에 하날 테지. 본 사람은 없었지?
안광남	그럼.
민두상	혹시 누군가가 니 택시 번호를 외운 건 아닐까?
안광남	미친놈. 가방도 까먹고 내린 놈이 뭔 정신으로 차 번호까지 외워.
민두상	혹시 널 떠보려고.
안광남	꽃밭에 불지르지 말어.
민두상	거참. 어떻게 이런 일이. 야, 우리 꿈꾸고 있는 거 아니냐?
안광남	야. 내가 뭐랬누. 행운의 숫자 777이 뭘 가져 올 거라고 그랬지? 평생을 외우고 다녔다. 안 그래? 지성이면 감천 아니겠냐. 왜 8천 3백이겠어. 팔삼 광땡이거든.

민두상	(백만 원 뭉치를 꺼내서 본다.)
안광남	야, 꺼내지 마. 손님이 들어오면 어떡하려고 그래. 암실에다 감춰. 얼른.
민두상	그래 그래. (감추고 나온다. 주머니에서 백만 원 뭉치를 꺼내며) 헤헤헤. 이건 여기다 놓고 실컷 좀 보자. 괜찮지?
안광남	응.
민두상	돈 참 잘생겼어. 응?
안광남	그럼. 향내가 펄펄 나지.
민두상	우째 이런 일이. 살다 보니 참 좋다, 응? 도통하면 되게 재미없을 거야. 이런 즐거움도 없고, 응? 쫙 펼쳐봐도 돼?
안광남	거럼 거럼.
민두상	(부채처럼 펴서 부친다.) 어이 시원타.
안광남	그렇게 좋냐?
민두상	계주가 토꼈다.
안광남	좋겠지.
민두상	계주가 토꼈다고.
안광남	뭐야? 우리 그 낙찰계?
민두상	응.
안광남	언제?
민두상	사나흘 됐어.
안광남	사나흘씩이나?
민두상	응.
안광남	어쩐지 니놈이.
민두상	혼자 전전긍긍했다는 거 아니냐. 말도 못 하고 앞은 캄캄하고. 참말이지 죽고 싶더라. 넌 계 타서 삼촌 거 해주자지, 니놈

실망할까 봐 말은 못 하겠지.

안광남   짜아식. 쪼다리 반푼이 같기는. 사내자식이 뭘 그까짓 거 가지고
          그랬어. 아무렴 그 정도 이해 못 할 안광남이더냐.

민두상   오죽하면 어제 고이랑 씨를 만났겠누.

안광남   그랬어? 돈 꿔달라구?

민두상   응.

안광남   그래서?

민두상   차마 말이 나와야지. 다른 신세타령만 하다가 그냥 말았어.

안광남   잘했어. 그 여자가 뭔 돈이 있다구.

민두상   답답하니까.

안광남   기분 좋을 때 좀 묻자.

민두상   뭘?

안광남   내가 전방에서 쫄병으로 있을 때 너하고 고이랑이가 면회를 왔단
          말이야.

민두상   근데?

안광남   기억나지?

민두상   응.

안광남   마장동에서 새벽에 만나 첫 버스로 부대까지 온대두 빨라야
          12신데 아침 9시 정각에 왔거든.

민두상   그렇담?

안광남   전날 고 근처 여관에서 같이 잠을 잔 건 아니었더냐 하는
          궁금증이지.

민두상   미친놈. 좌변기 옆에 두고 맨땅에 설사하고 자빠졌네. 참 오래두
          참았다. 30년 동안 근질근질해서 어찌 참았누?

안광남   헤헤헤. 누가 그랬냐구 물었냐? 그저 궁금했었다는 자조 섞인

얘기지.

민두상   미친놈. 아무려면 한방에서 같이 잤을까 봐.

안광남   자긴 잔 거구나?

민두상   쯧쯧쯧.

안광남   헤헤헤. 이걸로 뭐 할까?

민두상   헤헤헤.

안광남   사진기 하나 사줄까? 고급으로.

민두상   뭐야?

안광남   왜?

민두상   사줄까?

안광남   아, 아냐. 공동 소윤데 뭘. 아무렴 내가 같이 우물 파서 혼자
　　　　　먹을 놈이더냐? 니 맘대로 해.

민두상   그렇지?

안광남   아암. 다 니 거야.

민두상   이 무슨 천우신조냐, 야! 다시 한번 말해봐. 그러니까 웬 놈이
　　　　　탔다가 그냥 내렸다 이거지?

안광남   놈인지 년인지 모른다니까. 나야 요새 거위털에만 온통 팔려
　　　　　있었거든. '김기칠 그 자식이 사줄까? 박경수 그 새낀?' 혼자서
　　　　　썼다 지웠다 썼다 지웠다. 밥 생각도 없었어. 기사 식당이
　　　　　보이길래 커피나 한잔 뽑아 먹을 양으로 세웠지. 헌데 뒷좌석에
　　　　　웬 가방이야. 무심코 열었다. 순간! 히야, 몽창 현찰이야. 일단
　　　　　눈을 감고 마음을 진정시켰다. 태연하게 주위를 살폈지, 보는
　　　　　놈이 없는가.

민두상   잘했어.

안광남   다시 차를 타고 내뺐어. 어디로 갈까? 가장 안전한 곳이 어딜까?

일단 고속도로를 탔지.

민두상   왜?

안광남   얼만지 궁금해서 견딜 수가 있어야지. 백미러로 따라오는 놈이 있나 없나 살피고. 없었어. 갓길에 차를 세웠지. 최고거든. 누가 날 볼 수 있겠어. 쌩쌩 달려야 되는데.

민두상   자식. 머리 좋다.

안광남   세고 또 셌다. 얻다가 감출까……. 궁리타가 니놈 암실이 최골 거라 생각했지.

민두상   무슨 돈일까?

안광남   계속 교통 방송에 귀를 기울였는데 저 가방 찾는다는 얘긴 없었어.

민두상   검은 돈일 거야. 밀수나 지하 조직 친구들. 혹시 깡패 비스끄름하게 생긴 놈 탄 적 없었어? 칼자국 난.

안광남   기억이 안 나.

민두상   일부러 놓고 내렸을 거야. 추적당하니까 버릴 데가 마땅찮아서.

안광남   모두 현찰인데? 가방 하나 감추는 게 뭔 일이겠어.

민두상   다급했겠지. 쫓고 쫓기고 뭐 그런 거 있잖아. 이른 새벽에 마약을 사기 위해 조직원이 저 가방을 들고 집을 나서. 형사가 뒤를 쫓아. 조직원이 눈치를 채. 두목에게 전화해. "접선 포기. 가방 버려."

안광남   그럴까?

민두상   좌우지간 하느님이 도우신 거야. 사실 우리처럼 깨끗한 놈들이 어딨어? 있는 재산 닥닥 긁어 빚 갚고 빈털터리 되고.

안광남   그럼 그럼.

민두상   안 갚으려면야 얼마든지 그럴 수 있었다. 안 그래?

안광남	그럼.
민두상	아휴. 10년 묵은 체증이 싸악 가시네, 그냥.
안광남	짜아식. 계주 토낀 것 가지고 어지간히 똥줄이 타셨구먼?
민두상	야. 생각해봐라. 얼마나 아찔했겠냐.
안광남	평소처럼 잘만 까불데?
민두상	그 돈이야 진짜 우리 생명줄 같은 거 아니냐. 그걸 부으려고 하루에 또박또박 5천 원씩 1년 반 동안.
안광남	진짜 아찔했겠다, 응?
민두상	그럼 그럼. 이젠 죽었구나. 살려 해도 안광남이 손에 뒈졌구나. 니가 얼마나 안달복달을 했누. "안 하겠다, 돈 없다, 그거 모아서 뭐 할래. 빨리 타자, 계주 그년 못 믿겠다⋯⋯." 이젠 다 내 책임 아냐?
안광남	그래도 말을 할 것이지, 아암.
민두상	경찰이 뒤쫓는대니 행여나 잡힐까 하고 차일피일 미루다가 이렇게 됐지 뭐.
안광남	경찰에 잡히면 그 돈 찾을 수 있을 것 같애? 순진하기는.
민두상	어림없겠지. 얻다가 다 꿍쳐놨을 거야?
안광남	그럼 지 살 도릴 다 해놓고 저질렀겠지.
민두상	시장판이 온통 난리야, 그년 때문에.
안광남	고생 많았다. 이젠 싹 떨쳐버려.
민두상	이런 일이 있을라고 그랬나 봐, 응?
안광남	그래.
민두상	니놈 실망하는 꼴을 어찌 보겠누?
안광남	허기사 실망하는 정도겠냐. 뒤집어졌겠지.
민두상	(안광남 조로) "뭐야? 그러길래 내가 뭐랬어. 계주 그년 생긴 게

영 아니다 했지? 그런데도 뭐 사람 좀 믿고 살자고? 꼴좋다,
꼴좋아. 에라 이 콩나물국에 콩 박혀 뒈질 녀석아.”

안광남   아니다. 그럴 힘도 없었을 거야. 털푸덕 주저앉아서 멍하니
       있었을 거야. 넌 어땠누?

민두상   맞아. 옛날 영화 보면 사내가 떠날 때 여자들이 꼭 나무 붙잡고
       울잖아. 왜 그랬는지 알겠더라구. 맥이 탁 풀리면서 서 있을
       수가 없더라. 그래도 ‘확실할 때깐 기다려보자. 안광남이를
       실망시켜선 아니된다.’

안광남   ‘돈은 어디서 융통해보자. 잘못하면 안광남이는 재기 불능이다.’

민두상   안 그래도 오늘 너 나가자마자 사방에다 전화했다.

안광남   돈 꿔달라구?

민두상   응.

안광남   없지?

민두상   응.

안광남   세상인심이 얼마나 무서운데. 야속했을 것이다. 역사적인
       날이네?

민두상   뭐가?

안광남   친구들한테 아쉬운 소리 한 거이?

민두상   처음이지. 헤헤헤.

안광남   헤헤헤.

민두상   야! 너 배고프겠다?

안광남   어디 잘하는 갈빗집 없냐?

민두상   여길 지켜야지. 짜장면 시킬까? 곱빼기로?

안광남   뭐 몇 푼 하겠어?

민두상   (전화를 건다.) 중국집이죠? 여기 희망사진관인데요……. (버럭)

인제병원 2층! 예, 짜장면 곱빼기 두 개 좀 부탁합시다.

안광남 탕수육도 시켜.

민두상 그럴까? (수화기에다 대고) 탕수육도요.

안광남 배갈도.

민두상 먹다 남은 소주 있어.

안광남 아이, 자식은. 이런 날 김빠진 소주를 어떻게 마시누.

민두상 맞아 맞아. (수화기에다) 배갈 두 도꾸리허구요.

안광남 양장피도.

민두상 양장피? 안 돼. 조금만 시켜. 갑자기 많이 시키면 눈치채, 인마. (수화기에다) 예 예. 빨리. 오늘은 좀 많이 시켰죠? 귀한 손님이 오셔서요. (끊는다.) 헤헤헤. 화끈하게 시켰다, 응? 저 돈 얻다 쓸까?

안광남 방 하나 얻자.

민두상 낮잠 주무시게? 도마 좀 사자 야. 베니어판으로 쓰니까 칼질을 못 하겠어.

안광남 냉장고도 사고. 우리도 찬물 좀 마셔보자고.

민두상 그래야지. 방을 얻고 빚을 갚고도 수천만 원이 남겠다. 왜 이렇게 마음이 설레냐. 안정이 안 돼.

안광남 귀엽긴. 뭐 그까짓 거 가지고 그러냐.

민두상 기분이 어때?

안광남 글쎄.

민두상 좋지?

안광남 헤헤헤. 거럼 거럼. 그걸 말이라고 하냐. 이젠 이 구질구질한 고생과도 끝낼 판인데.

민두상 너 개인택시 살래?

안광남   자식은. 평생 운짱 하라고?

민두상   그래도 벌이가 안정되니까.

안광남   골골거리면서 안정하는 것도 안정이냐. 빌빌 싸는 거지.

민두상   일단 우리 뉴질랜드 여행이나 가자.

안광남   왜?

민두상   번지점프 하러. 왜 전에 텔레비전에서 봤잖아. 고무줄 같은 거
        묶고 절벽 꼭대기에서 쏭 하고 떨어져 강물을 짚고 하는 거. 너
        되게 하고 싶다고 했잖아.

안광남   미친놈. 정신 차려.

민두상   암. 차려야지. 놀러 갈 때가 아니지. 근데 왜 꽁돈 같냐?

안광남   꽁돈이야 꽁돈이지.

민두상   헤헤헤.

안광남   딸년 옷이나 한 벌 사주고 싶다 야.

민두상   그래 사줘.

안광남   열차 기관사 한다는 니 친구…… 이름이 뭐랬지?

민두상   왜?

안광남   그 친구 얼마쯤 해줄까?

민두상   어쭈, 그러다가 남는 거도 없겠다. 거지 자루 크다고 자루대로 다
        퍼줄련?

안광남   헤헤헤.

민두상   이랑 씨나 얼마 주자 야.

안광남   고이랑이?

민두상   응. 근근이 먹고사는 거 안됐잖아. 요새 한복집도 잘 안 되나
        보던데.

안광남   얼마나?

민두상	천만 원쯤?
안광남	뭐야?
민두상	너무 많지? 999만 원?
안광남	모르겠다 야. 내 배 부르니까 평양 감사도 사촌 동생 같다 야.
민두상	헤헤헤. 나도 그래. 살찐 놈 옆에 있으니까 나도 따라 붓는 거 같다 야……. 일부러 놓고 내린 거야. 안 그래? 어떤 미친놈이 그런 거액을 깜빡하고 내렸겠냐. 졸더라도 꽉 붙들고 졸았겠지……. 야, 우리 이 돈 정말 값나가게 쓰자.
안광남	그래야지. 사람은 기회가 세 번 온댔어. 그중 하날 거야.
민두상	거의 마지막일걸? 야! 우리 이래볼래?
안광남	뭘?
민두상	(돈뭉치) 요것만? 꼭 한번 해보고 싶었던 게 있어.
안광남	뭔데?
민두상	차 타고 가면서 좌악 뿌리는 거야. 공중에다. 교통이 마비되고. 사람들은 줍느라고 정신없고. 원 없이 뿌려보고 싶었어. 웬수 같은 돈이여! 나 그댈 버리노라.
안광남	한번 해봐.
민두상	실지로?
안광남	응.
민두상	어떻게?
안광남	여기서. 문 걸어 잠그고.
민두상	진짜?

7장

안광남과 민두상, 둘이 크게 한판 붙었다.

안광남은 성난 투견처럼 아직도 분이 풀리지 않아 씩씩거린다.

민두상은 눈치를 보며 죄인처럼 앉아 있고.

이윽고 민두상이 어설픈 미소를 띠며 다가온다.

슬그머니 안광남의 뒤로 가서 어깨를 주무른다.

민두상   아프리카에 오신 걸 환영합니다. 여긴 덥습죠. 습기도 많고
         일교차도 심하지요. 감기 조심하세요. 저기 저 낙타 가는 게
         보이죠? 거기서부터가 사막이죠. 10리쯤 더 가면 오아시스가
         있구요. 저쪽으로 가면 정글이 나옵니다. 더 가시면 사자가 떼를
         지어 살고 있죠. 아프리카는 생명력이 넘치는 순수의 땅입니다.
         태어나서 꼭 한 번은 와봐야 할 곳이에요. 선생님께선⋯⋯.

안광남   (밀치며) 시끄러. 주둥이 닥쳐. 비굴하게 웃지 말고, 인석아.

민두상   선생님께선⋯⋯.

안광남   듣기 싫대두. 저리 가.

민두상   알았어. (물러선다.)

안광남   허 참. 기막히다, 기막혀. 기막혀서 말이 안 나온다, 이놈아.
         어떻게 이럴 수가 있냐?

민두상   미안하다.

안광남   미안하면 다냐? 아이고 저 웬수.

민두상   자, 내가 잘못했으니 한 대 때려. (볼을 내밀며) 쎄게.

안광남   시끄럿! 상의를 했어야지.

민두상	상의하면 니가 내 뜻대로 하게 내버려두었겠냐.
안광남	니 뜻이 안 통한다면 포기해야 하는 거고.
민두상	거봐. 그럴 거면서.
안광남	야! 그 돈이 니 돈이냐?
민두상	응. 다 나 준다고 했잖아.
안광남	반은 내 거잖아. 왜 니 맘대로 해?
민두상	따지고 보면 우리 둘 다 거도 아니잖아.
안광남	허 참. 이 자식 생각할수록 호로자식이네. 어디 파출소야?
민두상	서소문 파출소.
안광남	멀리도 갔다.
민두상	미안해. 혼자 생각해보니까 검은 돈이 아닐 수도 있겠더라고.
안광남	검은 돈이었다면 니가 가질 놈이더냐.
민두상	글쎄 그건 모르겠다. 하여튼 억울한 사람 돈이면 어떡해.
안광남	내 오늘도 방송을 계속 들었다. 가방 찾는다는 얘긴 콧방귀도 없었어, 인마.
민두상	그래도 집 판 돈이나 집 살 돈이면 어떡해. 얼마나 가슴 치며 통곡하겠냐구. 우리도 망해봤잖아. 슬픈 일이잖아.
안광남	개자식. 또박또박 말대꾸네, 이거. 아이고, 얄미워.
민두상	얄미울 거야. 나 같아도 얄밉겠다.
안광남	아이고 저 웬수.
민두상	똥개 따라가다 보면 똥간으로 간다 하지 않던.
안광남	미친년 자기 집에 불질러놓고 '히히히. 이것도 운수다 운수여' 한다더니 이것도 운수소관이냐. 이런 걸 친구라고 생각하고 맡겨논 내가 미친놈이지.
민두상	자책하지 말어.

안광남	그래. 자책해서 뭐 하겠냐. 내 운명인걸. 골골거리며 살라는.
민두상	헤헤헤.
안광남	웃지 말어. 징그러워 미치겠어.
민두상	광남아. 도둑괭이가 살찌겠누?
안광남	시끄럿. 아이구 속 타. 물 좀 줘.
민두상	그래 그래. (허겁지겁 가지고 와서 무릎 꿇고 올린다.) 마마, 대령했사옵니다.
안광남	가만있어. 헷갈리게 하지 말고. 내 오늘은 니놈을 요절 좀 내야겠다.
민두상	요절이라구라. 아따 성님도 뭔 야그를 고로코롬 끔찍하게 혀대쌓소. 쪼깨 참으시쇼 야.
안광남	야! 민두상.
민두상	푸소 푸소 푸시쇼예.
안광남	에이, 나쁜 자식.
민두상	아무렴요. 나쁜 자식입죠. 호로자식입죠.
안광남	계주는? 아직도 못 잡았대?
민두상	응.
안광남	속 편해 좋겠다, 이놈아. 니놈의 그 순진한 대그빡은.
민두상	헤헤헤. 속이 편킨 편타 야.
안광남	어디…… 파출소에 갖다준 이유나 속 시원히 들어보자.
민두상	딱 하나야.
안광남	말해, 인마. 웃지 말고.
민두상	8천 3백이었잖아. 팔삼 광땡. 니가 좋아하는 그 숫자에 있어. 검은 돈이라면 7천이면 7천이고 8천이면 8천이지 끝에 쩨쩨하게 3백은 뭐겠어. 그건 순수한 돈이야. 전세 값이거나 물건

값이거나 그런 걸 거야.

안광남   아예 숫자로 복수했구만.

민두상   형틀 지고 올 테니 볼기 때려. 앞으로 죽을 때까지.

안광남   이젠 어떻게 살 거야?

민두상   그냥 살던 대로.

안광남   낙찰계도 종쳤잖아?

민두상   종전대로 5천 원씩 떼서 고이랑 씨 이름으로 은행에 저축하자.
          이자야 별거 없겠지만 그게 안전할 것 같애.

안광남   삼촌 돈은?

민두상   그거야 뭐…….

안광남   싫어. 5천 원씩도 안 떼고 니놈하고도 갈라설 거야.

민두상   그럼 어디서 자고?

안광남   아무 데서나. 길바닥에서.

민두상   곧 겨울인데?

안광남   얼어 죽지 뭐.

민두상   야아, 광남아.

안광남   니놈이 원했던 길이잖아.

민두상   내가 언제 그걸 원했냐?

안광남   몸도 아프고 팔다리도 쑤시고 이젠 가는 거지 뭐. 희망도 없고.

민두상   그래도 그건 남의 돈이었잖아.

안광남   니놈 말은 이제 콩으로 메주를 쑨다고 그래도 안 믿어.

민두상   내가 뭐 너한테 크게 속인 거라도 있냐?

안광남   니 말이라면 꺼뻑 죽은 내가 미친놈이었어.

민두상   뭐가?

안광남   부도 나기 직전에 니놈이 뭐랬어? 은행 돈만큼은 갚아야 된다며?

민두상	그래서?
안광남	오장범이가 뭐라는지 알어? 날 보자 대뜸 하는 말이 국민학교는 정식으로 나왔내, 인마. 나 같은 놈은 망해도 싸대, 인마. 부도 낼 때 꿍쳐놔야지 재산 닥닥 긁어 은행 돈 갚는 놈이 천지 사방에 어딨냐고, 인마. 은행이야 다 갚지 못할 바엔 어차피 거래 중진데 골이 비었다고 그걸 갚고 쇠고랑까지 찼냐면서 면박 주며 고소해하더라, 인마.
민두상	난 그런 짓 못 해.
안광남	니놈 살 궁릴 한 거지? 많이 갚을수록 처세하기가 좋았을 테니까. 또 알어? 잘하면 직장도 안 쫓겨났을지.
민두상	더럽다 더러워. 난 그게 은행 돈이 아니라 살인범 돈이라도 갚아야 해. 그게 내 상식이고 철학이야. 미안하다. 니놈처럼 똑똑하게 못 살아서.
안광남	인마. 니놈 똑똑치 못한 걸 왜 내가 옴팍 뒤집어써야 하냐?
민두상	미안하댔잖아. 칠푼이처럼 살아와서.
안광남	고이랑이는 왜 만났어?
민두상	어제 말했잖아.
안광남	너 혹시 고이랑이 좋아하는 거 아냐?
민두상	아휴, 저걸.
안광남	말해, 인마.
민두상	똑바로 들어.
안광남	그래, 인마.
민두상	우리 그 구멍가게…… 그 여자가 차려준 거다.
안광남	뭐야? 니 동생이 차려줬댔잖아.
민두상	내 일가친척? 니놈 망할 때 다 망했어. 그 잘난 나놈 요설에

넘어가 몽창 꼬라박았다. 대줄 돈이 뭐 있었겠누.

안광남   진짜 고이랑이가 대준 거야?

민두상   그래. 이 사진관으로 옮길 때도 차액을 그쪽에서 부담해줬다.
          삯바느질해서 한 푼 두 푼 모은 걸로.

안광남   개자식. 그걸 왜 인제 말해?

민두상   말해주면…… 니놈이 그 돈을 받겠냐?

안광남   안 받는다. 때려 죽여도 안 받는다.

민두상   굶어 죽으면 죽었지 그 돈만큼은 안 받았겠지. 난 받았어.

안광남   왜?

민두상   굶어 죽기 싫어서. 니놈하고 어떻게든 살아보려고.

안광남   인마. 그게 죽으려고 한 짓이지 살려고 한 짓이냐. 그 여자
          도움을 왜 받아. 그냥 뒈지게 내버려두지 않고. (울먹거린다.)
          내가 그 여자 도움을 어떻게 받을 수가 있어. 뻔히 다 알면서.

민두상   도움을 받을 줄 모르는 사람은 누굴 도와주지도 못한다잖디.

안광남   내가 그 못된 짓 다 해놓고 뭔 낯짝으로 도움을 받아.

민두상   낯짝이 뭐 필요하누. 그냥 썩은 낯짝 두리뭉실 뭉게버리고
          받으면 되지.

안광남   그만해. 이 개자식아.

민두상   잔뜩 벌어 갚아주자, 응?

비통한 시간이 조금 흘렀다.
민두상, 아프리카 모자를 쓴다.
안광남에게로 가 어깨를 주무른다.

민두상   아프리카는 처음이신가요? 선생님 나이가 쉰서넛쯤? 저도

선생님 나이에 이곳에 와 정착했지요. 저한테도 선생님 같은 친구가 있었습죠. 행운의 숫자 7을 끔찍이도 좋아하는. 세수할 때도 얼굴을 일곱 번 문대고, 양치질은 일흔일곱 번, 밑도 일곱 번 닦는 친구였어요. 하여 그 친구를 칠칠이라 불렀습니다.

안광남   뭐어? 칠칠이?

민두상   예, 칠칠이요. 자 한번 써보시라니깐요? (씌워준다.)

안광남   (내던진다.)

민두상   (구석에 떨어진 모자를 주우며) 선생님 성깔 참 대단하십니다. 이게 일명 아프리카 모자라는 겁니다. 칠칠이가 선물한 거죠. 비행기를 타야만 아프리카를 가는 게 아닙니다. 전 이 모자를 썼다 하면 그냥 가요, 아프리카로. 순수의 땅입죠. (조심스럽게 다시 씌워준다.)

안광남   미친놈.

민두상   너무하십니다그려. 제 나이가 일흔일곱입니다. 못 돼도 스무 살은 위인 이 늙은이한테 놈 자라니. ……너무 상심하지 마세요. 아직도 제 나이에 비하면 앞날이 창창하신 양반께서 돈 몇 푼 때문에 기죽고 그러십니까. 아, 사람 나고 돈 났지 돈 나고 사람 났답니까. 자 툴툴 털고 일어서십시다. 내 아프리카에 온 기념으로 술 한잔 사겠습니다.

안광남   저한테도 빵빵이라고…… 친구가 있었습죠.

민두상   빵빵이요?

안광남   예. 그 자식은 지 딴엔 열심히 아끼고 모으는데 늘 남는 건 빵이에요. 빵빵! 하여 빵빵이라 부르죠.

민두상   허나 생긴 건 잘생겼겠죠?

안광남   아뇨. 꼭 내시처럼 생겼습죠. 친구가 아니라 웬숩니다 웬수.

민두상	옳으신 말씀입니다. 친구도 웬수고 자식도 웬수지요. 자식……
	얼마나 이쁩니까? 일곱 살에 죽어봐요. 그거 웬수예요. 젊은
	마누라…… 얼마나 이쁩니까? 바람나봐요. 그게 웬수예요.
	칠칠이 그 자식이요? 평소엔 얼마나 귀엽다구요. 화가 났다 하면
	할 말 못 할 말 다 해버려요. 오늘은 글쎄 갈라서재요. 그게
	말이나 됩니까? 그게 친구예요?
안광남	화가 나서 그랬겠죠. 퇴계 선생의 이런 말도 있잖습니까?
	"사람이란 화난 당시엔 모든 망발을 다 한다. 그래도 괜찮다."
민두상	그럼요. 이해하지요……. 아까는 조금 심했어요.
안광남	심하다마다요. 칠칠이 그 자식은 개자식이에요. 선생님도 그 자식
	때문에 인생 조진 것 아닙니까?
민두상	조진긴요 뭘.
안광남	보증 섰다가 빵빵…… 꽝돼버렸잖아요.
민두상	칠칠이한테는 아까운 게 없어요.
안광남	누군가의 어깨에 기대어 종일토록 울어봤으면 좋겠어요. 왜 그리
	빗나가고 빗나간 길들만 골라서 다녔는지 평상시엔 괜찮다가도
	문득문득 초라한 생각이 들어요. 죽고 싶기도 하구요. 나 때문에
	다친 사람들이 아프고, 그래서 내가 아프고. 딴엔 그런 것들
	숨기려고 명랑한 척해보죠. 그러기가 너무 힘들어요.
민두상	얼마 전에 몸이 안 좋아 한의사한테 진맥을 받아본 적이
	있습니다. 의사 말이 "한 끼 먹고 한 끼 포둣이 버틸
	몸이구만요." 그 말이 참 맞다 싶어요. 몸뿐만이 아니에요. 꿈도
	그래요. 작은 꿈 불태우며 하루 살죠. 다음 날엔 실의에 빠지고
	그다음 날엔 다시 꿈을 불사르는 겁니다. 그 하루 살아보겠다고
	다들 그렇게 힘들게 힘들게 살아가는 겁니다. 5천 원씩 모아가며.

안광남	헤헤헤.
민두상	헤헤헤.
안광남	엉터리 철학 그럴듯하군요.
민두상	엉터리 철학이라뇨. 돈 바쳐 몸 바쳐 일생 동안 피땀으로 얻어낸 철학인걸요.
안광남	저어, 칠칠이 말입니다.
민두산	아 예.
안광남	그 자식, 선생님한테 골칫거릴 텐데 아예 이 기회에 갈라서지 그러세요?
민두상	내가 능력이 있다면야 많은 사람을 도와주며 살고 싶지만 요 소인배가 무슨 힘으로 그러겠어요. 하나만 책임질까 해요. 그저 칠칠치 못한 그 친구…… 그 무거운 거북이 등짐을 함께 지고 사는 겁죠 뭘. (거북이 등짐 진 흉내를 내며 안광남의 주위를 돌다가) 어떻습니까, 술 한잔하시자니까요?
안광남	돈 때문에 죽는 놈? 그거 병신입니다. 좋습니다. 술 마시러 가입시다.
민두상	참말이십니까?
안광남	참말이다마다요. 까짓거 도마 위의 고기가 칼을 무서워할쏜가?
민두상	헤헤헤.
안광남	헤헤헤.
민두상	아따 느그 술집이 워디여. 앞장서분져.
안광남	아따 느그 술집이 워디여. 앞장서분져.
민두상	아 참. 내놔.
안광남	뭘?
민두상	5천 원.

안광남	아따 성님은……. 오늘은 그냥 넘어가분져.
민두상	싫어분져.
안광남	안 돼분져?
민두상	아따 성님은 뭔 야그를 그로코롬 끔찍허게 혀분져.
안광남	개자식. (건넨다.)
민두상	헤헤헤. 광남아.
안광남	……?
민두상	놀라지 말거라. 나 그 가방…… 파출소에 갖다줄 때 2백은 꿍쳤다.
안광남	응?
민두상	(양 주머니에서 돈뭉치를 각각 꺼내 보이며) 2백을 꿍쳤다니까.
안광남	뭐야? 하하하. 니가?
민두상	씨팔, 너무 억울한 거 있지. 삼촌 돈 150 해드리고 나머지 50은 너 주려고.
안광남	날?
민두상	속상할 테니 술값 하라고.
안광남	햐아. 정말 극적이다. 멋있어.
민두상	씨팔, 그래도 그 정도면 착한 거 아니냐?
안광남	그럼 그럼. 헌데 주소하고 주민등록번호하고 안 묻디?
민두상	헤헤헤. 내가 누구냐. 안광남이 친구 민두상이 아니더냐. 번지수를 달리 썼지. 83 광땡 다시 7로.
안광남	주민등록번호는?
민두상	내가 430715-1042615잖아. 하나씩 뺐어. 430714-1042614.
안광남	히야. 팍팍 돌아가는구만. 더 이상 가르칠 게 없다. 하산해도 좋다!

민두상	주민증 보잘까 봐 조마조마했다 야.
안광남	그럼 8천 백 갖다준 거네?
민두상	응.
안광남	백마저 떼지 그랬어?
민두상	헤헤헤. 나야 2백 양심뿐이 안 되잖어.
안광남	하기사 그것만도 일취월장한 것이다.
민두상	씨팔, 그래도 돈 임자야 그 정도면 횡재한 것 아니냐?
안광남	그럼 그럼.
민두상	용궁 갔다 온 거지 뭐.
안광남	……가만있어봐.
민두상	왜?
안광남	돈 임자가 찾아준 사람한테 법적으로 5프론가 떼어주지 않냐?
민두상	뭐야? 확실해?
안광남	확실히는 모르겠는데 그런 것 같은데?
민두상	아, 맞어. 그런가 부다. 5프로면 4백. 아이고, 망해부렀네.
안광남	전화번호는?
민두상	엉터리로 적었지 뭐.
안광남	쯧쯧쯧.
민두상	아이고 이거 다시 찾아갈 수도 없고 어떡하냐.
안광남	할 수 없지 뭐.
민두상	야! 어디 전화로 알아볼 데 없냐? 5프로가 맞는지.
안광남	아따 성님은……. 잊어뿌리시쇼 야.
민두상	헤헤헤.
안광남	헤헤헤.
민두상	아따 나도 모르겠다 야. 시상이 어쩌코롬 요로코롬 요상하게

돌아가분지시는지.

안광남   아따 느그 술집이 워디여. 앞장서분져.

민두상   아따 느그 술집이 워디여. 앞장서분져.

안광남   (걷다가 절뚝인다.) 아따메. (발목을 가리키며) 여그가 삣셔분져.

민두상   아파분져?

안광남   쑤셔분져.

민두상   아따 그냥 참아분져.

안광남   그래분져?

두 사람   아따 느그 술집이 워디여. 앞장서분져.

민두상이 앞장서고 안광남이 절뚝이며 뒤쫓는다.

막이 내린다.

그대를
속일지라도

등장인물	이진백
	황남필
	장창선
	강봉춘
	윤영실
	한혜령
	나시내
	신미경
	김영자
	이순실
	나옥경
	박애심
	구본탁
	김경수
	왕선생
	담임선생
	김명철
	양아치1, 2, 3, 4, 5

때	1960년대

1장

수진여고 문학의 밤.

막이 오르면,
여고 교복을 입은 네 명의 학생.
윤영실, 한혜령, 나시내, 신미경. 검은 스타킹에 흰 양말이 청초하다.
도열한 채로 객석을 향해 인사를 한 후, 손에 들고 있던 두루마리
화선지를 펼친다.
화선지에는 시가 붓글씨로 적혀 있다.
화선지를 보면서 혼자서, 혹은 둘이서, 혹은 여럿이서, 그림을
만들어가면서 연대 시를 낭송한다.

「애너벨 리」

아주 여러 해 전
바닷가 어느 왕국에
당신이 아는지도 모를 한 소녀가 살았지.
그녀의 이름은 애너벨 리—
날 사랑하고 내 사랑을 받는 일밖엔
소녀는 아무 생각도 없이 살았네.

바닷가 그 왕국에선
그녀도 어렸고 나도 어렸지만

나와 나의 애너벨 리는

사랑 이상의 사랑을 하였지.

천상의 날개 달린 천사도

그녀와 나를 부러워할 그런 사랑을.

그것이 이유였지, 오래전

바닷가 이 왕국에선

구름으로부터 불어온 바람이

나의 애너벨 리를 싸늘하게 했네.

그래서 명문가 그녀의 친척들은

그녀를 내게서 빼앗아 갔지.

바닷가 왕국

무덤 속에 가두기 위해.

천상에서도 반쯤밖에 행복하지 못했던

천사들이 그녀와 날 시기했던 탓.

그렇지! 그것이 이유였지(바닷가 그 왕국 모든 사람들이 알 듯).

한밤중 구름으로부터 바람이 불어와

그녀를 싸늘하게 하고

나의 애너벨 리를 숨지게 한 것은.

하지만 우리의 사랑은 훨씬 강한 것

우리보다 나이 먹은 사람들의 사랑보다도—

우리보다 현명한 사람들의 사랑보다도—

그래서 천상의 천사들도

바다 밑 악마들도
내 영혼을 아름다운 애너벨 리의 영혼으로부터 떼어내지는
못했네.

달도 내가 아름다운 애너벨 리의 꿈을 꾸지 않으면 비치지 않네.
별도 내가 아름다운 애너벨 리의 빛나는 눈을 보지 않으면
떠오르지 않네.
그래서 나는 밤이 지새도록
나의 사랑, 나의 사랑, 나의 생명, 나의 신부 곁에 누워만 있네.
바닷가 그곳 그녀의 무덤에서—
파도 소리 들리는 바닷가 그녀의 무덤에서.

슬픈 음악이 흐른다.

2장

지하 연습실.

백바지 클럽 김영자, 이순실, 나옥경, 박애심이 화가 잔뜩 난 채로 서
있거나 앉아 있다. 나팔 백바지에 공군 점퍼 차림이며 목에 알록달록한
스카프를 하고 있고 손목에는 흰 수건을 묶고 있다. 김영자는 목에
파스를 붙였다.

그때 교복 차림의 사천왕 이진백, 황남필, 장창선, 강봉춘이
어슬렁거리며 등장한다.

김영자   왜 늦었어? 왜 늦었어?

사천왕, 실실 웃기만 할 뿐.

김영자   왜? 말이 말 같지 않어?

강봉춘   그래.

이순실   어쭈!

강봉춘   가는 말이 고와야 오는 말이 곱지.

장창선   좋게 나오면 우리도 좋게 나가지만 띠꼽게 나오면 우리도 한없이
         띠꼬워져.

황남필   물상 시간에 안 배웠어? 작용과 반작용.

나옥경   우린 안 배웠어. 죄다 중2 때 짤려서. 중3 물상 책에 나오나
         부지?

황남필   하 참, 속상해지네 정말.

그때 박애심이 강봉춘의 뒷주머니에서 팸플릿을 뽑아 보며

박애심   수진여고 문학의 밤?
강봉춘   야 야, 안 돼.

강봉춘이 팸플릿을 뺏으려고 박애심을 쫓고 박애심은 도망쳐서 잽싸게
김영자에게 상납한다.
백바지 클럽, 모두 모여 팸플릿을 본다.

이순실   어머 어머, 진짜 안 어울리게 왜 이런대니.
나옥경   진짜 웃겨서 돌아가시겠다. 앞으론 시적(詩的)으로 놀겠다?
이순실   수준 높이려고 애쓴다, 응?
나옥경   하, 시? 좋지. (섹시하게) 나리 나리 개나리 입에 따다 물고요.
          병아리 떼 쫑쫑쫑 봄나들이 갑니다.
김영자   (이진백에게 팸플릿을 탁 던지며) 여기 갔다 오느라고 늦은 거니?
이진백   이게 뭐냐? (김영자의 목에 붙은 파스를 잡아떼려 한다.)
김영자   (이진백의 손을 친다.)
이진백   키스 자국 감추려고? 어디 좀 보자. 어떤 놈 키스 자국인지?
김영자   이 새끼가 정말.
이진백   좀 보자. 어젯밤에 어떤 놈하고 뭐 했는지.
김영자   이 새끼가 진짜? (여자 애들한테) 야, 가자.
이순실   (양손으로 황남필의 두 손을 어루만지며) 정신들 좀 차려라, 응? 두
          달밖에 안 남았다.
나옥경   (양손으로 장창선의 두 볼을 어루만지며) 이런 정신으로 어디
          예선이나 통과하겠니?

박애심   (강봉춘의 팔짱을 끼며 애교스럽게) 곱창 채우러 안 갈래?

김영자   박애심! 빨리 안 와?

박애심   알았어…….

백바지 클럽, 다 나간다.

장창선   비교된다 비교돼. 백합처럼 청초한 수진여고 문예반과 중2 때
         짤린 의정부 백바지 클럽!

황남필   정말 비교되지 않냐? (박애심 흉내 내며) "곱창 채우러 안 갈래?"
         근데 누구 걸까?

강봉춘   뭐가?

황남필   영자 키스 자국.

강봉춘   글쎄.

장창선   내 생각엔…….

이진백   내 거다. 이젠 됐냐?

벙 찌는 그들.

이진백, 스테이지로 가서 기타를 어깨에 멘다.

그러자 강봉춘이 드럼 자리에 앉고 황남필과 장창선도 색소폰과

트럼펫을 목에 걸고 각자 튜닝을 한다.

강봉춘   (드럼을 두둥 두둥 몇 차례 두들기고 나서) 진백아, 아직도 눈에
         아른아른거리지 않누?

이진백   (보면)

강봉춘   여자 넷이 모이면 그중 하나는 꼭 빠지는 애가 있잖아.

장창선	맞어.
황남필	맞어.
강봉춘	걔네들은 어떻게 하나같이 완벽하냐?
장창선	집에 다들 스팀 때나 봐.
강봉춘	맞어.
장창선	연탄 때는 애들하곤 다르잖아. 촉촉하고 뽀얀 게.
강봉춘	난 윤영실.
장창선	나도 윤영실.
황남필	다른 애들 찍어. 걘 내 거야.
이진백	윤영실이 누군데?
강봉춘	모자 쓴 애.
황남필	다른 애들 찍으라니까.
장창선	그럼 난 한혜령.
강봉춘	난 나시내.
황남필	진백이 넌?
이진백	한 칸씩들 옮겨줘야겠다.
일동	그럼?
이진백	난 윤영실. 남필이 넌?
황남필	(곤혹스럽게 이진백을 쳐다보다가 체념한다.) 난 한혜령.
장창선	난 나시내.
이진백	봉춘이 넌?
강봉춘	알았어. 난 신미경.
이진백	다들 불만 없지? (하나씩 하나씩 쳐다보면)
황남필	응.
장창선	응.

강봉춘   응.

이진백   다음 주에 강행한다.

황남필   뭘?

이진백   노르망디 상륙 작전!

일동   오케이!

3장

골목길 늦은 밤.

가로등 불빛이 한가로운 골목길을 비추고 있다.

골목 뒤로는 높은 담벼락이 주욱 쳐져 있다.

그때 장발족 양아치2, 3, 4, 5가 여고 교복을 입은

윤영실, 한혜령, 나시내, 신미경의 팔짱을 각자 끼고 나타난다.

부들부들 떨면서 가고 있는 4인방.

그때 담배를 꼬나물고 맨 뒤에서 따라오던 양아치1이 소리친다.

양아치1   서!

그 소리에 양아치2, 3, 4, 5가 4인방을 담벼락으로 밀어붙인다.

그들 손엔 칼이 하나씩 들려 있다.

4인방의 옆구리에 칼을 겨누고 여기까지 끌고 온 것.

양아치1   각자 이름 대봐.

윤영실   윤영실요.

한혜령   한혜령요.

나시내   나시내요.

신미경   돈이 필요하면 다 드릴게요. 제발 우릴 보내주세요.

양아치1   우린 돈 필요 없어. 돈이 필요하면 열심히 일해서 벌어야지

           이렇게 강도짓이나 하면 쓰겠어? 이름이 뭔데?

신미경   소리 안 지르고 조용히 따라오면 풀어준댔잖아요. 살려주세요.

양아치1   이름이 뭔데?

신미경   신미경이에요.

양아치1   차 몇 시에 대기시킨댔냐?

양아치2   (시계를 보며) 올 때 됐습니다, 형님.

양아치3   형님, 얘네들은 신삥이니까 두당 3만 원씩은 꼭 받아내야
          합니다.

양아치1   너 일루 와.

          양아치3이 양아치1 앞에 서면

양아치1   나한테 명령하는 거야?

양아치3   아닙니다.

양아치1   그럼 개기는 거야?

양아치3   아닙니다.

          양아치1, 양아치3을 패고 밟고 짓이긴다.

          그걸 보며 벌벌 떠는 4인방.
          순간, 미경이 버럭 소릴 지른다.

신미경   불이야! 불이야! 불이야!

          양아치들, 실실 웃는다.

양아치1   미경이 너 이리 와봐.

신미경, 부들부들 떨며 양아치1 앞에 선다.

양아치1   (양아치들에게) 야, 천호동 꽃다방에도 미경이가 있었지?

양아치4   예.

양아치1   걔 어디서 뭐 하냐?

양아치4   거제도로 보내지 않았습니까요, 형님.

양아치5   (칼을 꽂을 태세로) 한 방 줘버릴까요, 형님?

윤영실   아악! 안 돼요, 안 돼!

양아치1   야, 넌 피 보는 게 지겹지도 않니? 끌고 가.

양아치4, 신미경을 끌고 가려고 한다.

발버둥 치는 신미경.

그때 승마복을 입은 사천왕이 나타난다.

신미경   (사천왕에게) 살려주세요. 이 사람들이 우릴 섬으로 팔아넘기려고

           해요. 제발 그냥 가지 마세요.

양아치1   곱게 그냥 가라, 응? 고개 푹 숙이고. 옳지 옳지.

겁에 질려 고개를 푹 숙이고 지나쳐 가는 사천왕.

윤영실   제발 우릴 도와주세요. 네? 제발 그냥 가지 마세요.

황남필   아암. 그냥 곱게 갈 수야 없지.

황남필, 그러면서 고개를 좌우로 꺾고 몸을 푼다.

양아치2   오, 승마하러 다니시는 귀공자들이시구만. 대가리 깨지고 집에
         들어가면 부모님들께서 걱정이 많으시겠다, 응?

황남필   글쎄 그거야 니네들의 일방적인 걱정일 것 같고 솔직히 난
         니네들이 심히 걱정된다.

양아치3   아하, 그러셔?

장창선   너 동풍고의 독고다이라고 들어봤냐?

양아치4   동풍고의 독고다이? 그럼 고삐리들 아냐?

장창선   그래. 헌데 무교동 양아치들도 벌벌 떨어. 그 친구는 검도 7단에
         태권도 8단, 합기도 6단에 쿵푸 7단, 해서 도합 28단이걸랑. 그
         친구가 날아가는 파리를 진검으로 베잖니? 그럼 2등분 된 파리가
         주욱 내려오다가 땅바닥 30센티쯤 위에서 양쪽으로 갈라져.
         검의 속도가 빛의 속도다 이거지. 검을 휘둘러 파리를 으깨버리는
         놈들은 많잖니. 헌데 이런 친군 없어. 한마디로 그런 건 고등
         검법이라 할 수 없거든? 그 친구가 (이진백을 가리키며) 이분이셔.

양아치1   너 코미디언 해라.

장창선   안 그래도 방송국에서 불러만 준다면 한번 해보려구. 봉춘아!

강봉춘   응?

         장창선 턱짓하면 강봉춘이 골목에 있는 돌멩이를 집어서
         이진백에게 갖다준다.
         이진백, 그 돌멩이를 이마로 받아서 아작낸다.
         흠칫 놀라는 양아치 일당.
         여학생들도 무아지경 속에서 이진백을 본다.

황남필   한번 붙어볼래?

양아치5　　나도 한마디만 해야 쓰겄다. 역도산 배때기에는 칼이 안
　　　　　들어간다던?

　　　　　양아치5, 이진백의 주위를 빙빙 돌며 칼을 찌를 태세이나 이진백은
　　　　　여유가 넘친다.
　　　　　순간 양아치5가 등 뒤에서 덤벼드는 걸 날렵한 자세로 바닥에 쓰러뜨린
　　　　　다음 오른발로 양아치5의 목을 누른다.
　　　　　그러자 양아치1이 발목에서 칼을 뽑아 들고 달겨든다.
　　　　　이진백, 공중으로 치솟으며 앞발차기로 양아치1의 안면을 강타한다.
　　　　　쓰러지는 양아치1.
　　　　　이진백, 양아치1의 목을 오른발로 누른다.

이진백　　셋 셀 때까지 사라진다. 하나! 둘! 셋!

　　　　　모두 사라지고 마는 양아치들.
　　　　　그제야 양아치1의 목을 풀어주는 이진백.
　　　　　양아치1, 이진백에게 무릎을 꿇고 조아린다.

양아치1　　형님, 정말 잘못했습니다. 몰라 뵙고 까불었습니다.
이진백　　나한테 그럴 필요 없고 (4인방을 가리키며) 저분들께 용서를
　　　　　구해야지.
양아치1　　(4인방에게) 다시는 안 그러겠습니다. 한 번만 용서해주십쇼. 예?
　　　　　댁들도 저 같은 불쌍한 오빠가 있을 것 아닙니까? 예?
이진백　　(4인방에게) 어떻게 할까요?
윤영실　　보내주세요.

이진백	하나! 둘! 셋!

양아치1, 뒤도 돌아보지 않고 줄행랑을 친다.

윤영실	(연신 조아리며) 정말 고맙습니다. 정말 고맙습니다.
이진백	무슨 말씀을. 할 일을 했을 뿐인데요 뭘.
강봉춘	(4인방에게) 어디 다치신 데는 없으세요?
4인방	예.
강봉춘	큰일 날 뻔하셨네요.
윤영실	예. 어떻게 이런 일이 (그제야 흐느낀다.) 우리한테……

그러자 다른 여학생들도 부둥켜안고 엉엉 운다.

장창선	수진여고 몇 학년이세요?
한혜령	2학년요.
강봉춘	아, 그래요? 우리도 동풍고 2학년인데.
이진백	밤길에 조심하셔야 됩니다. 어서 가보세요.
4인방	감사합니다. 감사합니다.

4인방, 가방을 들고 간다.
가면서 쑤군덕거리다가 다시 되돌아온다.

한혜령	연락처를 좀 가르쳐주세요.
나시내	고마운 뜻을 전하고 싶어서 그래요.
강봉춘	집 전화번호가……

이진백   (말을 자르며) 아닙니다. 인연이 되면 언젠가 또 뵙게 되겠죠.

강봉춘   그래도…….

이진백   놀라셨을 테니까 창선이하고 봉춘이 니가 버스 타는 데까지
         모셔다 드려.

강봉춘   그래 그래.

4인방   정말 고맙습니다. 이 은혜는 잊지 않겠습니다.

         각자 인사를 하고 갈 때쯤,

이진백   절대로 연락처 가르쳐드리면 안 된다. 작은 일 하나 한 것가지고
         생색내고 싶지 않아서 그래. 알았지?

장창선·강봉춘   알았어.

         일동 간다.
         이진백, 여자들의 뒷모습을 넋을 놓고 보고 있다.

황남필   가까이서 보니까 더 죽이지 않냐? 윤영실이 말야.

이진백   니 것도 쓸 만한데?

4장

교실.

장창선과 강봉춘이 급우한테 돈을 받고 커다란 박스에서 양말을
꺼내 준다.

학생1   세 켤레.

강봉춘   다섯 켤레! 50원이다.

학생1   세 켤레.

장창선   너 정말 이럴래?

학생1   엄마한테 혼났단 말야. 일주일째 계속해서 양말만 사 온다구.

강봉춘   집에 가지고 가지 마.

학생1   그렇다고 버려?

강봉춘   친구 줘.

학생1   줄 친구도 없어.

장창선   자랑이다 자랑이야. 양말 줄 친구 하나도 없고.

학생1   그리고 너무 비싸.

강봉춘   나염 처리 한 거잖니.

학생1   그래도 시장 가격보다 세 배 비싼 건 너무 심한 폭리야.

장창선   폭리?

강봉춘   너 지금 폭리라고 했냐? 10원에 떼 와서 10원에 팔면 뭘로 불우
          이웃을 도와?

장창선   우리의 따뜻한 손길을 기다리고 있을 고아원 아이들을
          생각해야지.

학생1   그래도 정도껏 이문을 남겨야지.

장창선   호남선을 타잖니? 상이용사가 갈쿠리 손으로 삥을 뜯어. 그래도
         승객들은 암말 못 해. 왜? 후환이 두렵거든.

학생1   (겁먹고는) 아니, 내 말은 다른 것 좀 팔아보라구…….

강봉춘   으음. 것도 좋은 생각이다. 어쨌든 50원 내.

학생1   알았어.

         학생1, 50원을 내고 양말 다섯 켤레를 사 가지고 간다.

강봉춘   (다른 학생을 부른다.) 윤석삼!

학생2   다섯 켤레.

강봉춘   그래, 그래야지. (어깨를 툭툭 치며) 복 받아라.

         강봉춘, 돈을 받고 양말을 준다.

강봉춘   (돈을 세며) 후와, 수입 좋다. 우리 졸업하지 말자. 어디서 이런
         수입 올리겠냐?

장창선   이번 체육대회 때 전교생 중 우리 양말 안 신은 놈은 죄다 적어.
         알았지?

강봉춘   응.

장창선   빠진 놈 없어?

         강봉춘, 턱으로 가리킨다.
         김경수다.
         김경수는 자기 책상에 다리를 걸쳐놓고 삐딱하게 앉아 볼펜으로 담배

피우는 시늉을 하고 있다.

강봉춘과 장창선, 김경수한테로 간다.

강봉춘, 겁이 나는지 양말을 장창선에게 주며 말하라는 시늉.

장창선   마지막 세 켤레다. 떨이니까 넌 20원만 내.

김경수   …….

장창선   우리 사천왕한테 협조 좀 해줘야 쓰겄다.

김경수   사천왕한테 협조를 못 해줘서 미안하다.

강봉춘   왜에?

김경수   돈이 없다.

강봉춘   (용기를 내어) 김경수, 이러지 말자. 좋게 줄 때 좋게 받아야지.

          물상 시간에 안 배웠니? 작용과 반작용.

김경수   난 그때 졸았어.

강봉춘   졸면 쓰나. 학생이 수업 시간에.

김경수   강봉춘이 많이 컸네.

          그때 이진백과 황남필이 들어온다.

          사태를 파악하고는,

황남필   왜 그래?

강봉춘   돈 없다고 버팅기는 친구가 있어서.

이진백   쎈타 까.

황남필   (경수에게) 수고스럽지만 일어나야겠다.

          경수, 일어나서 띠꼬운 표정으로 두 팔을 벌린다.

강봉춘, 뒤진다.

김경수   (이진백에게) 넘버 투 대접은 해줘야 할 거 아니냐?

이진백   동풍고 족보를 다시 써야 될란가 부다. 남필아. 쟤가 넘버
         투란다.

         황남필, 김경수 앞에 선다.
         둘이 째려보면서 팽팽하게 맞선다.

황남필   눈에 후카시 풀어.

김경수   못 풀겠다.

황남필   못 풀어?

         그러다가 머리로 김경수를 박아 쓰러뜨린다.
         김경수, 일어나서 걸상을 들고 대들 기세.
         황남필, 머리를 갖다대며,

황남필   까봐 까봐.

김경수   …….

황남필   니 아부지가 주유소를 다섯 개나 가지고 있담서? 돈 많을 테니까
         내 대그빡에 댄싱 내봐봐. 나도 대박 좀 날리게.

김경수   …….

황남필   못 까?

김경수   …….

강봉춘   (이진백에게) 넘버 원, (황남필에게) 넘버 투, (장창선에게) 넘버

스리, (자기를 가리키며) 넘버 포 (김경수에게) 넘버 파이브······.

어이 넘버 파이브, 복창해봐!

김경수   이 새끼가 정말!

황남필   (품속에서 칼을 꺼내 김경수의 소매에다 닦으며) 넘버 포의 말씀이 안

들리냐. 빨리 복창해.

김경수   ······.

황남필   어서.

김경수   ······.

이진백   대충해라.

이진백의 말에 모두 자리에 앉는다.

김경수는 아직도 걸상을 든 채로 그 자리에 서 있다.

그때 어떤 학생이 뛰어 들어오며

어떤 학생 담탱이다.

다들 자리에 앉는다.

김경수는 아직도 그대로 서 있고.

그러자 경수 짝꿍이 얼른 김경수가 들고 있는 걸상을 내려놓고

김경수를 자리에 앉힌다.

그때 담임선생님이 출석부를 들고 들어와 교탁 앞에 선다.

반장   (일어서서) 일동 차렷!

학생들   (차렷한다.)

반장   선생님께 경롓!

학생들　(모두 인사하며) 선생님, 감사합니다.

담임, 학생들에게 성적표를 나누어 준다.

담임　예고한 대로 타작을 실시하겠다. 평균 70점 미만 앞으로!

사천왕과 두 명의 학생 나간다.
매질하는 담임.
다른 학생들은 얻어맞으면 욱! 하고 쓰러지나 사천왕은 팔짱을 끼고
꼿꼿하게 서서 끄떡도 안 한다.

담임　60점 미만!

두 명의 학생이 자리로 들어가고 사천왕만 남는다.

담임　드디어 사천왕만 남았구만.

매질한다.

담임　50점 미만!

사천왕, 그대로 있다.
담임, 매질한다.

담임　40점 미만!

역시 사천왕, 그대로 있다.

매질한다.

끝까지 팔짱을 낀 채 끄덕도 안 하는 사천왕.

담임　　들어가.

사천왕, 각자 책상으로 가서 앉는다.

담임　　가을의 문턱에 서 있다. 조만간 거리마다 낙엽이 뒹굴 것이다.
　　　　낙엽! 얼마나 낭만적인 말인가. "시몬! 너는 아느냐, 낙엽 밟는
　　　　발자국 소리를." 허나 난 가을 낙엽 하면 한 가지 생각밖에 안
　　　　든다. 예비고사다. 예비고사가 두 달 앞으로 다가왔다. 다들
　　　　알다시피 예비고사에서 떨어지면 대학에 갈 수 없다. 우리
　　　　동풍고등학교는 개교 60년 이래 전국 제일의 명문고의 전통을
　　　　이어왔다. 허나 매년 7, 8명의 낙오자가 발생하고 있고 이는
　　　　두말할 것 없이 학교의 명예를 실추시키는 일로 직결된다. 하여
　　　　금년부터는 전교 꼴찌에서부터 20명을 끊어 가미카제 부대를
　　　　신설하기로 하였다. 가미카제란 태평양전쟁 때 일본이 전투기에
　　　　폭탄을 싣고 미국 함대에 몸을 던져 자기도 죽고 함대도
　　　　폭파시켰던 자살 특공대를 말한다. 가미카제 부대에 배치될
　　　　학생을 지금부터 호명하겠다. 이진백, 황남필, 장창선, 강봉춘!
　　　　모두 일어섯.

네 명이 일어선다.

담임	우리 반에서 가미카제 부대 최다 요원을 배출하였다. 앞으로
	이들은 정규 수업이 끝난 뒤 따로 모여 지진아 수업을 받게 될
	것이다. 이들의 노고와 분발을 위해 다 같이 박수로 환송해주기
	바란다.

담임이 박수를 치자 학생들이 따라서 박수를 치고 황남필과 장창선,
강봉춘은 고개를 숙이고 이진백은 고개를 빳빳이 쳐들고 있다.
담임이 나가면 같은 반 친구들이 노래와 춤을 추면서 나팔바지를
만들고, 평창 모자를 만들고, 윗단추를 한두 개씩 풀면서 껄렁한
학생들로 변한다.
이른바 가미카제 교실.

구본탁	(경상도 억양) 느그들이 안 오마 가미카제 부대가 아니제? 억수로
	반갑다 아이가.
황남필	어이, 구본탁!

서로 반갑게 악수를 한다.

구본탁	진백이 니가 480등 꼴찌가?
이진백	이번 학기엔 내가 분발 좀 했다. (황남필을 가리키며) 한 끗발
	눌렀다.
구본탁	남필이 니가 480등이가?
황남필	바쁜 일이 있어서 잠시 도서관에 못 들르다 보니 그렇게 됐다.
구본탁	학생이라 카몬 공부를 해야 된다. 자습서가 읎어서 공부를 몬
	하나 책받침이 읎어서 공부를 몬 하나. 지금 조국은 근대화에

박차를 가하며 재건 재건을 부르짖고 있는데 학생이 하라는 공부를 안 하몬 쓰겠나. 느그들은 내한테서 멀찍이 떨어져 있그라. 내는 사칠오다. 475등.

그때 우람한 체격의 왕선생이 들어오다가

왕선생   사칠오! 이리 온나.

구본탁, 앞으로 나간다.

왕선생   구본탁! 니는 마산의 천재제?
구본탁   아입니더.
왕선생   우린 같은 고향 맞제?
구본탁   맞습니더.
왕선생   니 아부지가 이 핵교 붙었다고 잔치 안 벌렸나?
구본탁   벌렸습니더.
왕선생   그러니까 마산의 천재 맞제?
구본탁   맞습니더.
왕선생   토해내까?
구본탁   예?
왕선생   잔치 밥 얻어묵은 거 토해내까?
구본탁   아입니더.
왕선생   니는 마산의 수치인 기라. 맞나?
구본탁   맞습니더.
왕선생   어서 가리거라. 마산을 더 이상 쪽팔리게 하지 말아도.

구본탁, 양손으로 얼굴을 가린다.

학생들, 킥킥거린다.

왕선생, 주위를 훑어본다.

왕선생   올 놈들만 골라서 왔구만. 이진백이까라 황남필이까라
                장창순이까라 강봉춘이까라 빼드부 천지구만. 내 소개를
                느그들이 해본나. 실시!

학생들   1948년 런던 올림픽 역도 무제한급 동메달리스트이신 왕석주
                선생님이십니다.

왕선생   그렇다. 지금도 힘이라문 문제가 읎다. 내는 느그들을 힘으로
                다스리겠다. 느그들한테 새삼스럽게 이론을 설명할 시간은 읎다.
                각 과목 선생님께서 내주신 예상 문제의 답만 달달 외우거라.
                하루에 프린트 열 장이다. 답을 다 외운 놈은 앞으로 나온다.
                한 문제라도 틀리몬 각오해라. 다 같이 복창한다. "삶이 그대를
                속일지라도 슬퍼하거나 노하지 말라."

학생들   "삶이 그대를 속일지라도 슬퍼하거나 노하지 말라."

음악당.

'가곡의 밤' 중간 휴식 시간.

관객들이 팸플릿을 각기 들고 휴게소로 나오고 있다.

사천왕도 교복 차림에 팸플릿을 들고 청중들 틈에 섞여 나온다.

황남필 우와, 지겹다 지겨워. 저 지겨운 노래를 10분간 쉬었다가 또 들어야 한단 말이냐?

장창선 필이 꽂혀야 듣든가 말든가 하지.

황남필 가곡의 밤, 문학의 밤. 밤이 이렇게 무섭긴 태어나서 난생처음이다.

강봉춘 그러니까 뭐 하러 들어? 4인방만 봐. 걔네들만 보니까 시간 가는 줄 모르겠더라. 뒤통수만 봐도 예술 아니냐.

장창선 걔네들은 진짜로 가곡이 재밌나 봐. 내내 꼼짝도 안 하더라.

강봉춘 우리하곤 차원이 다르다니까.

이진백 (장창선에게) 야, 호크 좀 채워. 단정치 못하게.

장창선 알았어. (교복의 호크를 채운다.)

강봉춘 (주위를 훑어보다가) 쉬잇. 저기 온다.

무대 저쪽에서 윤영실, 한혜령, 나시내, 신미경이 나타난다.

이진백 야, 팸플릿 펴. 고뇌하는 뮤지션답게.

강봉춘 절대로 먼저 알은척하면 안 돼.

장창선 끝내 몰라보면?

강봉춘	그래도 할 수 없어.
황남필	들인 돈이 얼만데.
이진백	「가고파」를 홍난파 선생께서 작곡하셨구만?
강봉춘	응, 일제강점기 때.
이진백	흐음. 가사도 무난하다고 볼 수 있겠지?
다들	으응. 그렇지 뭐.

한편, 전설의 4인방은,

한혜령	난 가끔씩 이런 생각을 해봐. 내가 늙고 병들어서 이 생명이
	열흘뿐이 안 남았을 때 무엇이 날 가장 위로해줄까? 추억이
	담긴 음악일 것 같애. 음악을 들으며 옛 추억을 반추해보면서
	행복하게 이 생을 마감하는 거…….
나시내	너무 멋지다, 애.
윤영실	헌데 너무 슬프다.
신미경	애는, 살날이 구만린데 벌써부터 죽을 때를 생각하고 그러니.
나시내	혜령이 말은, 그만큼 음악이 위대하다는 거겠지. 어디 음악 같은
	남자가 없을까? 슬플 때 위로가 되고 외로울 때 친구가 되는.
한혜령	그러면서도 짜릿한 이벤트로 날 황홀케 하는 나의 뮤즈.
신미경	애 애 애. 그런 남자가 세상에 어딨겠니. 꿈 깨고 저기 가서 콜라
	나 마시자.

하면서 바(bar)로 가다가 사천왕을 발견하는 신미경,

그 자리에 우뚝 서서 멍하니 사천왕을 바라본다.

그러자 친구들이 신미경의 시선을 따라 좇다가,

한혜령   미경아, 왜 그래?

신미경   얘 얘 얘. 아까 한 말 취소다.

나시내   왜 그래?

신미경   저기 저기.

윤영실   왜에?

신미경   저기 28단이…….

한혜령   28단? (그제야 발견하고) 어머 어머 정말. 동화에서 나오는 백마

          탄 왕자처럼…….

나시내   (미소를 지을 듯 말 듯한 묘한 표정으로)

한혜령   (이진백 흉내) "인연이 되면 또 만나겠지요."

신미경   혜령아! 짜릿한 이벤트로 황홀케 해줄 남자라고 했니?

신미경, 앞장서서 사천왕을 향해 가고 나머지도 킥킥거리며 뒤따른다.

미소를 머금은 채 말없이 그들 옆에 서는 그녀들.

팸플릿을 읽으며 심취해 있는 그들.

이윽고 강봉춘이 고개를 들어 그녀들을 보다가 모른 척 다시 고개를

팸플릿에 박고, 장창선이 또한 그렇게 하고, 황남필이 또한 그렇게 한다.

그러다가 하나둘씩 소리 없이 '아하!'로 알은척을 한다.

그러나 아직도 이진백은 폼생폼사답게 팸플릿에 머릴 박고 있다.

신미경, 슬그머니 부딪치는 척하며 이진백의 팸플릿을 바닥에

떨어뜨리게 한다.

무심코 이진백이 주우려는데 신미경이 먼저 주워서 건네며 활짝 웃는다.

이진백, 엉겁결에 팸플릿을 받아 읽으려다가 이상한 느낌이 들어 고개를

쳐들면 모두가 그를 향해 활짝 웃고 있다.

그제야 소리 없는 '아하!'로 그녀들을 알아보는 척하는 능청스러운 이진백.

6장

나무가 우거진 숲.

산새 울음소리가 정겹게 들려온다.

숲속에 있는 벤치 주위에서 교복을 입고 있는 사천왕.

강봉춘을 보며 모두 긴장하고 서 있다.

강봉춘   명성왕후!

그 말에 이진백과 장창선은 왼손으로 왼쪽 바지 주머니를 가리키는데

황남필은 허둥버둥댄다.

이진백   야, 황남필!

황남필   잠시 헷갈렸어. 헤헤헤.

이진백   너 이러다가 윤영실이 니가 갖겠다, 응?

황남필   아냐 아냐.

이진백   봉춘아, 무조건 남필이를 제일 먼저 시켜. 아무래도 위험해서 안

         되겠다.

강봉춘   알았어.

황남필   걱정 말라니까.

강봉춘   윤심덕!

다들 바지 왼쪽 뒷주머니로 손이 간다.

강봉춘	황진이!

다들 왼쪽 상의 주머니로 손이 간다.

강봉춘	성춘향!

다들 왼쪽 상의 위쪽 주머니로 손이 간다.

강봉춘	자, 마지막으로 한 번만 더 같이 해본다. 성춘향! 황진이! 명성왕후! 윤심덕!

왼쪽 상의 윗주머니부터 차례로 가리키는 그들.

강봉춘	펄펙! 오늘 드디어 노르망디 상륙 작전이 완성되는구나.

모두 박수를 친다.

황남필	야! 하필이면 왜 이 숲속에서 만나자고 했냐?
강봉춘	그렇다고 중국집 골방에서 만나자고 할 수 있냐? 걔네들 수준이 있는데.
황남필	그래도 무교동 빵집이나 명동 다방 같은 데가 무드가 있잖냐.
이진백	사내새끼들이 뭔 말이 그렇게 많냐? 봉춘이한테 맡기기로 했으면 맡겨야지.
강봉춘	(으쓱)
이진백	여기가 뭐가 어떻다고 그래. 아주 시적이구만.

강봉춘	전설의 4인방이 문학소녀니까 우리도 문학소년인 척해야지.
	"시몬! 너는 아느냐 낙엽 밟는 발자국 소리를."
황남필	야 그만해. 담탱이가 떠오르고 가미카제가 떠오르고 예비고사가
	떠오르고 처량한 내 신세가 떠오른다.
이진백	그건 나도 좀 그렇다.
황남필	앞으로 (두 손 모아 하늘을 바라보며) '시몬' 하는 놈이 있으면
	아작내버릴 거야.
장창선	아무리 놀아도 연고대쯤은 갈 줄 알았는데……. 가미카제가 뭐냐
	가미카제……. 어쩌다가 우리가 이 지경까지 됐을까.
황남필	누구를 탓하겠냐. 다 내 탓이지. 친구를 잘못 사귄 내 탓.
장창선	그래, 우린 친구도 아냐. (황남필에게 악수를 청하며) 중2 때 너
	때문에 담배 배워 술 배워 밴드부에 들어가…….
일동	(서로 악수하며) 동감이다.
장창선	남필아, 공부를 못하면 집이라도 부자여야 되는데 너는 아버지
	가업을 이어받아 청계천 길거리에서 옷핀이나 팔 수도 없고.
황남필	솔직히 우리도 집이 부자였어봐라. 독선생 과외에 족집게 단과
	학원에 얼마나 공부를 잘했겠냐.
이진백	그래도 넌 공부를 안 했을 것 같다.
일동	(서로 황남필에게 악수하며) 동감이다.
황남필	그래, 나도 그래.
이진백	어이 꼴통!
황남필	왜?
이진백	이참에 확실하게 다짐해두겠는데…….
황남필	뭔데?
이진백	너 아무리 술 처먹고 뻥이 가도 노르망디에 대해선 아무한테도

발설하면 안 돼.

황남필   알았어.

이진백   우리끼리만 알고 무덤 속까지 그대로 가지고 가야 돼.

황남필   에이, 그걸 말이라고 하냐.

이진백   나중에 결혼해서 니 와이프한테까지도 말하지 말란 말이야,

          쪽시려우니까.

황남필   걱정 말래두.

강봉춘   (황남필에게 악수를 청하며) 아냐. 심히 걱정돼서 그래.

장창선   (황남필에게 악수를 청하며) 넌 그동안 그렇게 살아왔걸랑.

그때 전설의 4인방이 교복을 입고 나타난다.

나시내   어머, 여기 정말 좋네요. 어떻게 이런 델 골랐어요?

신미경   여기에 오니까 완연한 가을을 느끼겠어요. 가을이 품안으로 쑤욱

          들어온 느낌인 거 있죠. 한적한 호수에 물오리 떼가 줄을 지어

          지나가고 가을 낙엽이 땅 위에 떨어져 뒹굴고. 시심(詩心)이 그냥

          솟구치는데요.

한혜령   "시몬! 너는 아느냐 낙엽 밟는 발자국 소리를."

황남필   (고개를 푹 숙인다.)

이진백   남필아, 뭐 해?

장창선과 강봉춘, 키득거린다.

한혜령   왜요?

이진백   남필아, 말해.

182

한혜령	뭔데요?
황남필	아뇨. 내가 그 시를 너무나 좋아하걸랑요. 안 그래도 조금 아까 그 시를 얘네들한테 들려줬었는데 혜령 씨가 또 하니까……. 헤헤헤. 난 늘 시몬이 되고 싶었어요.
한혜령	어머 나도 그 시를 좋아하는데. 또 무슨 시를 좋아하세요?
황남필	(더듬거리며 말한다.) 삶이 그대를 속일지라도 노하거나 슬퍼하지 말라.
한혜령	아, 그 시요?
황남필	아니 왕석주가 쓴 그 시를 아신단 말예요?
한혜령	예? 어머 어머 농담도 잘하셔.
장창선	잘됐네요.
한혜령	잘되다뇨?
장창선	아뇨. (황남필을 가리키며) 얘가 시인 지망생이거든요.
강봉춘	혜령 씬 언제 봐도 스타일이 멋지세요. 교복 차림인데도 어쩌면 이러세요?
한혜령	내가요?
나시내	영화배우 한수빈 씨 알죠?
장창선	알다마다요. 한수빈 씨 모르면 간첩이죠.
신미경	혜령이가 한수빈 씨 동생이잖아요.
황남필	예에? 친동생요?
한혜령	예.
황남필	후와……. 어쩐지…….
장창선	땡잡았다 야.
강봉춘	자아. 이른바 숲속의 운명! (모자를 벗어서 종이쪽지를 안에 넣으며) 여자들은 푸르고 청초하니 파란색을 집어주시고 남자들은

뉘리끼리 응큼하니 노란색 종이를 집어주세요. 자 자!

강봉춘이 주위를 다 돌아다니면서 하나씩 집게 한다.
여학생들은 쑥스러우면서도 간절한 마음을 담아 쪽지를 집는다.

강봉춘   자, 이제 뒤로 돌아서서 자기 쪽지를 엽니다. 글씨가 써져 있죠?
              그 글씨가 우리들의 낭군과 낭자를 운명 짓게 되는 겁니다. 그럼
              인류 공용의 에티켓에 따라 레이디 퍼스트! 자, 그럼 한혜령 씨!
한혜령   황진이요.
강봉춘   황진이와 인연이 되는 남자분!

이진백과 장창선, 황남필에게 상의 왼쪽 주머니를 턱짓으로 가리킨다.
황남필, 상의 왼쪽 주머니에서 누런 쪽지를 꺼낸다.

황남필   서화담이라고 적혀 있는데요?
강봉춘   네. 황진이와 서화담의 커플이 결정되었습니다. 역시 시는 위대한
              모양입니다. 시로 맺은 인연, 오래오래 시를 간직하며 시인처럼
              살기 바랍니다. 다음 신미경 씨.
신미경   윤심덕?
강봉춘   (주머니에서 쪽지를 꺼내 흔들며) 네, 내가 바로 김우진이올시다.
              조선의 천재 극작가 김우진과 조선 최초의 소프라노 가수
              윤심덕의 비극적인 사랑! 우린 현해탄에 빠져 죽지 않고 영원한
              연인으로 남아 있을 것임을 굳게 약속드리겠습니다. 힘찬 박수로
              우리 두 사람을 환영해주시기 바랍니다.

일동, 박수를 친다.

강봉춘   (인사하며) 감사합니다. 이제 두 커플이 남았습니다. 과연 화살의
         시위가 누구에게 꽂힐 것인가. 긴장된 이 순간 음악을 부탁해요.

         강봉춘, 기타를 치며 노래를 부른다.
         아직도 가슴을 졸이고 있는 윤영실과 나시내.

강봉춘   자, 나시내 씨.
나시내   명성왕후.
강봉춘   명성왕후! 명성왕후와 관련된 분?

         순간, 이진백이 장난칠 겸 혹은 윤영실의 마음을 떠보기 위해,

이진백   저어……

         순간, 윤영실이 실망하여 고개를 떨구고 나시내는 내심 좋아라 한다.

강봉춘   이진백 씨 말씀해보십쇼. 명성왕후와 관련된 누구?
이진백   명성왕후라면 대원군이나 고종이 맞겠죠?
강봉춘   그럴 겁니다만.
장창선   내가 고종인데요?

         순간, 남모르게 가슴을 진정시키는 윤영실.
         흡족해하는 이진백.

강봉춘 네, 명성왕후와 고종의 커플이 결정되었습니다. 마지막 남은 한
       커플도 자동적으로 결정된 거겠습니다만 그래도 절차상 짚고
       넘어가겠습니다. 자, 윤영실 씨!
윤영실 성춘향이요.
강봉춘 성춘향! 자, 그럼 이진백 씨!
이진백 이도령이요.
강봉춘 네, 성춘향과 이도령 커플. (변사처럼) 광한루에서 운명적으로
       만나 생사의 문턱까지 오가며 수난의 질곡을 거치면서도 끝내
       사랑으로 융합했던 우리의 전설 속의 전설! 두 남녀의 사랑은
       드라마틱한 곡선을 그리며 사랑의 전설로 남아 있게 되었던
       것이었던 것이었던 것이었습니다.

       강봉춘, 박수를 치면 모두 따라서 박수로 환영한다.

강봉춘 자, 그럼 파트너끼리 손잡고 반원을 그려주시기 바랍니다.

       서로 어색하고 수줍어하면서도 그렇게 한다.

강봉춘 예로부터 사랑을 하면 시인이 되고, 그런 시인에게 밤이 찾아오면
       누구나 가수가 된다고 하였습니다. 이제부터 서로의 밝은 앞날을
       기약하며 약간은 쪽시럽겠지만 용감하게 저를 따라해주시기
       바랍니다.

       강봉춘, 기타를 치며 노래를 부르기 시작한다.
       4인방, 수줍어하면서 강봉춘을 따라 재미있는 율동을 한다.

7장

수진여고 교정.

윤영실이 교정에 있는 숲길을 거닐며 편지를 읽고 있다.

그때 한혜령, 나시내, 신미경이 살금살금 나타나 편지를 낚아채

도망친다.

윤영실   안 돼! 안 돼!

윤영실이 쫓아가고. 나시내와 신미경이 그런 윤영실을 막는다.

큰 소리로 편지를 읽는 한혜령.

한혜령   설레고

설레고

설레다

잠들다.

……엥? 이게 끝이야?

나시내   우와 아주 심플하다, 응?

신미경   뭔 말이 필요하겠니? 첫사랑 연정이 불같이 번지는데.

한혜령   영실아, 파트너 바꿀 생각 없어?

윤영실   자꾸 왜 그래?

신미경   28단은 대학 무슨 과 가겠대?

윤영실   자기는 심리학을 전공하고 싶은데 집에서는 미국으로 유학 가서

경영학을 하라고 하나 봐. 외아들이라 아버지 회사를 맡아야

된대.

한혜령   영실이는 좋겠다. 미국에 같이 유학도 가고.

윤영실   어머 어머, 얘 좀 봐. 둘이 벌써 미래를 약속한 것처럼 말하고
         있어.

다들   (윤영실을 향해 손가락으로 총을 쏘며) 에–에–에–에!

윤영실   너희들 정말 왜 이래.

한혜령   영실이는 좋겠다. 편지도 받고.

나시내   넌 편지 안 왔어?

한혜령   응, 난 편지는 못 받고 반지 하나 주더라. 반지가 구속을 준대나
         어쩐대나.

신미경   아니, 그럼 둘이 따로 만났단 말야? 그런데 왜 말 안 하고 여태까지
         속였어?

한혜령   미경이 넌 따로 안 만났어?

신미경   …….

한혜령   왜 말을 못 해?

신미경   말을 하려고 했는데…….

나시내   너 어디로 놀러 갔었지?

신미경   기차 타고 대성리에…….

나시내   어머머머 어머머머, 너 아무 일도 없었어?

신미경   무슨 일?

한혜령   첫 키스 안 당했어?

신미경   얘 좀 봐. 첫키스는커녕 손도 안 잡아봤다, 얘.

나시내   요즘 몇 시에 자니?

한혜령   설레서 잠도 안 올걸?

나시내   수척한 게 살이 쏙 빠졌다, 얘.

한혜령   어쩐지 얼굴이 이뻐진다 했어.

신미경   너희들은 그럼 한 번도 안 놀러 갔어?

나시내   난 딱 한 번.

한혜령   난 두 번.

신미경   영실이 넌?

윤영실   난…… 세 번.

다들   (영실에게) 어머머머 어머머머!

한혜령   (답장 흉내 내며) 난 아직도 당신의 창가에 서 있소. 친구들은
         옆에서 빽빽거리오. 그래도 내 머릿속엔 오직 사랑하는 28단뿐.
         아! 말라비틀어진 내 입술에 촉촉한 단비를 내려주오! (키스 흉내
         내며) 쪽 쪽 쪽!

         킥킥거리는 그들.

8장

윤영실의 집 앞 골목.

가로등이 훤하게 켜져 있는 골목.

교복을 입은 이진백과 윤영실이 걸어오고 있다.

이진백은 한쪽 눈에 안대를 차고 있다.

이진백　　아까 버스 정류장에서 영실 씨를 기다리고 있는데 누가 뒤에서 "너 진백이 아냐?" 하더라구요. 해서 보니까 담탱이에요.

윤영실　　담탱이요?

이진백　　하하, 담임선생님이요.

윤영실　　아 예.

이진백　　담탱이가 "여기서 뭐 해? 솔직히 말해봐, 인마!" "이 세상에서 가장 아름다운 여인을 기다리고 있습니다. 단 하루라도 못 보면 사무친 그리움으로 숨 막혀버릴 것만 같은 사랑스러운 여인을 기다리고 있습니다."

윤영실　　어머 어머, 정말 그랬어요?

이진백　　네. 맘속으로요.

윤영실　　앞으론 기다리지 마세요.

이진백　　왜요?

윤영실　　…….

이진백　　내가 기다리는 게 싫으세요?

윤영실　　아녜요. 진백 씨 공부에 지장 줄까 봐 그래요.

이진백과 윤영실, 돌계단에 나란히 앉는다.

이진백	그런 거라면 걱정 마십쇼. 공부를 안 하면 어디선가 꼭 영실 씨가
	보고 있을 것만 같애요. 그래서 더 열심히 하죠. 이번 주엔 미분
	다 뗐습니다. 다음 주엔 적분을 다 뗄 꺼구요.
윤영실	다행이네요.
이진백	난 그동안 장님이었습니다. 이제 비로소 세상이 새롭게 보이기
	시작합니다. 사랑이 이렇게 위대한 건지 몰랐어요.
윤영실	(수줍어하며) 나도…… 그런 것 좀 느껴요. (부끄러워서 말을
	돌리듯) 근데…… 안대는 왜 했어요?
이진백	다래끼가 좀 났습니다. (영실의 집을 가리키며) 저 2층 방을 영실
	씨가 쓰나 부죠?
윤영실	예.
이진백	어떻게 생겼어요?
윤영실	침대가 있고 거울이 있고 창 쪽으로 책상이 있어요. 저 멀리로
	성당이 보이고 남산이 보이죠.
이진백	전축도 방에 있겠죠?
윤영실	예.
이진백	보고 싶네요. 꼭!
윤영실	…….
이진백	무슨 음악 좋아하세요?
윤영실	슈베르트요.
이진백	아! (자연스럽게 한쪽 바지를 걷어 올리며) 슈베르트!

그때 윤영실이 이진백의 정강이 상처를 보고 놀란다.

윤영실	어머, 무슨 상처예요?
이진백	아, 아무것도 아닙니다.
윤영실	매 자국 같은데요. 누구한테 맞았나요?
이진백	아닙니다. 신경 쓰지 마세요.
윤영실	혹시 선생님한테 혼난 거예요?
이진백	아닙니다.
윤영실	아팠겠네요.
이진백	실은 아버지한테 혼났습니다. 영실 씨한테 편지 쓰다가 걸려서.
윤영실	아, 그랬어요?
이진백	대를 이어 회사를 맡아야 할 놈이 자꾸 딴 데 신경 쓴다고.
윤영실	쯧쯧쯧.
이진백	하지만 하나도 안 아팠습니다. 편지도 계속 쓸 거구요. 허니 영실 씨도 나한테 편지 쓰지 말라는 얘기만은 하지 마세요. 그 시간마저도 없다면 질식해버릴 것 같으니까. 저 혼자 오롯이 꿈을 꿀 수 있는 유일한 시간이에요. 찬란하고도 황홀한……

이진백, 가방에서 편지를 꺼내 건넨다.

윤영실도 가방에서 편지를 꺼내 건넨다.

이진백	(안대를 가리키며) 실은 여기도 아버지한테 한 방 맞았어요.
윤영실	어머 어머, 어떡해요……. 나 때문에……. 한번 봐도 돼요?
이진백	살살 떼보세요. 조심해서. 핏덩이가 엉겼을지도 모르니까.
윤영실	쯧쯧쯧.

윤영실, 조심해서 안대를 떼어낸다.

그 순간 이진백이가 기습적으로 입맞춤을 한다.

화들짝 놀라는 윤영실.

이진백   ……놀랐죠?

윤영실   아니…… 예.

이진백   미안해요.

윤영실   예.

이진백   나도 모르게 그만……. 너무 눈부시게 아름다워서……. 미안해요.
            영실 씨를 보면 성모마리아가 떠올라요.

윤영실   너무 그러지 마세요.

이진백   정말이에요. 뭐든 다 용서해주고 포용해줄 것만 같아요.

윤영실   그러려고 노력하고 있어요.

윤영실, 고개를 숙인 채로 수줍어한다.

이진백, 영실에게 서서히 다가가 입맞춤한다.

9장

지하 연습실.

사천왕과 백바지 클럽이 한데 어울려 노래를 부르고 있다.

사천왕, 멋진 아티스트 복장.

엄청난 폭발력으로 노래를 부르고 연주하는 그들.

노래가 끝나고 나면,

이순실   니네들 요새 좋은 일 있냐?

나옥경   감정이 엄청 풍부해졌는데?

박애심   소리도 쫙쫙 통짜로 올라가고.

김영자   (이진백에게) 무슨 일 있어?

장창선   우리 마음잡았잖니. 공부 때려치우기로.

박애심   그래, 대학 나와서 뭐하냐? 진짜 멋쟁이는 대학 안 나오고 대학
         나온 놈들 고용해서 쓰는 거야.

장창선   플레이보이컵? 우리가 꼭 먹을 거야. 그래서 돈 좀 썼다. 마음을
         다잡는 뜻에서 아트 복장으로.

강봉춘   다 같이 열심히 연습해서 우리의 꿈을 이루자고.

나옥경   어쭈구리? 듣던 중 반가운 소린데?

박애심   파이팅!

하면서 서로 하이파이브를 한다.

김영자   그럼 연습 빡시게 한 번 더 하자.

박애심	오우케이!
강봉춘	저어……. 근데 말야…….
박애심	왜?
강봉춘	실은 오늘 약속이 있어.
박애심	무슨 약속?
강봉춘	지금 가봐야 돼.
박애심	무슨 일인데?
강봉춘	내일부터 열심히 하자, 응?
이순실	(황남필에게) 애인 생겼니? 누구야? 수진여고 애들?
장창선	야, 밴드부 후배 한 놈이 사고 쳐서 그거 해결하려고 가는 거야. 이젠 됐냐?
황남필	이 바쁜 와중에 우리가 여기에 와준 것만 해도 기특하지 않냐?
이순실	그렇게 쫙 빼입고 후배놈 챙기러 간다구? 니네 눈엔 우리가 그렇게 멍청해 보이니? 썰레발 까지 말어, 인마.
김영자	이진백! 말해봐. 여자 생겼어?
이진백	응.
나옥경	이 새끼들이 정말.
김영자	(이진백에게) 아주 맘에 들어?
이진백	응.
이순실	착하고 귀여운 애들이겠다?
황남필	응.
이순실	오늘 걔네들 만나기로 한 거지?
황남필	응.
나옥경	어디서?
장창선	무교동에서.

박애심   밴드는 어떻게 하고? 깰 거야?

강봉춘   글쎄…….

박애심   글쎄는 무슨 글쎄야. 계속해야지.

김영자   계속하긴 뭘 계속해 이년아. 빡시게 연습해도 힘들 판에
한가하게 데이트하러 가는 새끼들하고. ……아예 팀 깨자.

이진백   맘대로 해.

이순실   뭐야?

황남필   원한다면 우리가 빠져줄게.

이순실   그년들한테 아주 뻑이 갔구나?

황남필   응. 걔네들은 똥도 안 누고 오줌도 안 쌀 거 같은 거 있지. 그런
추한 짓은 안 할 것만 같애.

나옥경   어머, 우린 똥도 싸고 오줌도 싸는데. 그동안 우리들이 추해서
어떻게 참았니?

장창선   못나게 비교하지 말어. 그냥 걔네들은 그렇다 이거야.

나옥경   그년들 때문에 우릴 차버리겠다 이거냐?

김영자   (버럭) 조용히 해, 이년들아. 가서 칼침 박힌 가죽 장갑 두 개
가져와!

박애심, 가죽 장갑 두 개를 가져온다.
가죽 장갑엔 날카로운 칼침들이 보석처럼 달려 있다.
김영자, 가죽 장갑 한 개를 이진백에게 건넨다.

김영자   (가죽 장갑을 끼며) 동두천 삽다리파 애들하고 맞짱 깔 때 이걸로
한 방 날렸더니 턱주가리가 너덜너덜해지더라. 이진백, 심플하게
한 방씩 날리자.

이진백	성질 돋우지 마라.
김영자	시원하게 턱주가리 한 방 날려주라. 난 이제 여자로도 안 보이잖어?
이진백	그만해라. 정 떨어지니까.

이진백, 돌아선다.
김영자, 이진백을 돌려 세운다.

김영자	뭐? 정 떨어져?
이진백	그래.

김영자, 주먹을 날린다.
순간 이진백, 김영자의 손목을 잡아 뒤로 꺾어버린다.
무릎 꿇고 마는 김영자.
잠시 침묵이 흐른다.

이진백	가자!
황남필	…….
장창선	…….
강봉춘	…….
이진백	아 뭐 해! 가자니까!

사천왕, 쭈뼛쭈뼛 나서려 하면,

나옥경	야, 장창선! 우리 기분 이렇게 꿀꿀하게 만들어놓고 진짜 갈

거야?

박애심   봉춘아 가지 마. 제발 제발 응?

이순실   아가리 닥쳐, 이년들아. 이렇게 나오면 정 떨어진대잖니.

사천왕, 나간다.

백바지 클럽, 비애감에 휩싸인다.

10장

나무가 우거진 공원 숲.

수진여고 4인방이 교복 차림으로 벤치에 앉아 벌벌 떨고 있다.

그들 주위를 이순실, 나옥경, 박애심이 몽둥이를 들고 어슬렁거리고

있다.

김영자, 다른 벤치에 앉아 윤영실의 가방을 뒤지고 있다.

김영자   야, 이년은 공부를 돼지게 잘하나 봐. 참고서가 아주

         너덜너덜하다.

이순실   그래? 미친년이구만.

김영자   야, 윤영실. 너 반에서 몇 등 하냐?

윤영실   ······.

박애심   야 이년아, 우리 보스가 묻잖아. 대답 안 해?

윤영실   ······.

나옥경   아휴 이걸 그냥 콱!

신미경   일등요.

이순실   썰레발 까는 거 아냐?

신미경   썰레발이요?

나옥경   이년은 썰레발 같은 대중 용어도 모르나 봐. 거짓말하는 거

         아니냐고 이년아.

신미경   아녜요. 진짜예요. 얜 일등 놓친 적 없어요.

김영자   전교에선?

윤영실   댁들은 누구신데 이렇게 무례한 거죠?

김영자　너 이리 와.

윤영실이 일어나지 않자 나옥경과 박애심이 윤영실을 일으켜 세워
김영자 앞으로 끌고 간다.
김영자, 윤영실의 아구를 날린다.
쓰러지는 윤영실.
4인방, 부들부들 떤다.

김영자　옥경아, 우리가 누군지 이년들한테 잘 좀 설명해드려라.

나옥경　우린 의정부 백바지 클럽이걸랑. 중2 때 학교 짤리고 소년원
들락거리다 보니 이쪽 업계에선 약간 먹어줘. 헌데 니네들이 우리
남자애들을 가로채갔걸랑. 성질나지. 중2 때 성질 같으면야 벌써
니네들 옆구리에 몇 방 박았을 거야. 허나 이젠 그러기 싫거든.
지겨워서.

박애심　(신미경을 발로 차며) 너 강봉춘이하고 어디까지 갔어?

신미경　예? 무슨 뜻인지……?

이순실　가긴 어디까지 갔겠냐 이년아. 끽해봤자 키스겠지.

신미경　아녜요. 우린 그런 거 안 했어요.

박애심　너 앞으로 강봉춘이 만나지 마라. 그러다 다친다.

이순실　(한혜령에게) 황남필이 아버지 직업이 뭐래디?

한혜령　종로경찰서장이요.

이순실　후와, 역시 황뻥답다. 걔 아버지 청계천 길거리에서 007가방
어깨에 메고 다니면서 핀 팔걸랑. 머리핀, 옷핀, 귀후비개 같은
거. 까치 담배도 팔고.

나옥경　(나시내에게) 장창선이 아버지는?

나시내	서울시 부시장이요.
나옥경	진짜 골 때린다, 응? 걔 아버지 단성사 앞에서 암표 장사해.
박애심	(신미경에게) 강봉춘이는?
신미경	아버진 돌아가시고 어머니가 서울대 교수님이라고 했어요.
박애심	서울대는 맞긴 맞네. 걔 엄마 서울대 문리대 앞에서 달고나 팔어.
이순실	잘 들어라. 걔네들…… 동풍고 밴드부 완전 꼴통들이다.
나시내	영어회화반이 아니고요?
나옥경	썰레발이지 이년아. 그걸 믿냐. 에이피피엘이가 애플이잖아. 사과! 걔네들은 애플의 스펠링도 모르는 놈들이야.
이순실	동풍고 사천왕 하면 우리만큼 유명해. 대학도 못 가. 드럽게 가난하고 공부도 드럽게 못해서.
나옥경	전교 480명 중에 477, 478, 479, 480이야.
신미경	예?
이순실	우리 말 못 믿겠으면 걔네들 책가방 쎈타 까봐. 책은 하나도 없고 양말하고 무기들이 우르르 쏟아져 나올 테니까.
나옥경	학교에서 양말 팔고 삥 까서 먹고사는 애들이걸랑.
이순실	알아듣겠니?
김영자	니네들은 대학에 가야지. 공부도 잘하는 년들이 왜 쌩양아치들을 만나고 그런대니.
이순실	그런 애들한테 한눈팔다 보면 우리 꼴 되걸랑.
나옥경	우리 봐라. 담뱃불 자국에 면도칼 자국에 문신 자국에 키스 자국에. 이렇게 살아서 쓰겠니들?

그때 망을 보던 박애심이 소리치며 달려온다.

박애심	야 야, 째자 째! 꼴통들 오고 있다. 어서!

다들 튀려는데 김영자는 제자리에서 꿈쩍도 안 한다.

박애심	영자야, 어서 튀자니까?
김영자	튀긴 왜 튀어 이년들아. 우리가 죄졌냐?

그때 사천왕이 들어온다.

사천왕, 백바지 클럽을 보고 아연실색한다.

강봉춘	……아니 ……니네들이 ……여긴……?
김영자	뼁 허벌나게 깠더라, 응? 종로경찰서장에 서울시 부시장에 서울대 교수님. (진백에게) 넌 뭐라고 했냐?
이진백	…….
황남필	하, 참 속상해지네 정말.
김영자	정리하고 와라. 연습장에서 기다릴 테니.
이순실	왜 뜮냐?
황남필	뜮다!
김영자	뜮으면 연습장에서 한판 붙든가. 맞짱 깔 일 있으면 맞짱 까야지. 진백아, 안 그래?

백바지 클럽, 사천왕의 등을 각자 토닥이고 유유자적 사라진다.

얼어붙어 있는 사천왕.

차마 4인방을 똑바로 보지 못한다.

한혜령   왜 고3이면서 고2라고 속였어요?

황남필   고3이라면 안 만나줄까 봐서요. "고3이 여자 만날 시간이
         어딨어요?" 이랬을 거 아닙니까.

         한혜령, 황남필의 책가방을 거꾸로 쏟는다.
         양말과 각종 무기들이 쏟아져 나온다.

한혜령   (구부러진 포크를 손에 끼며) 이건 뭐 하는 거예요? 동풍고
         영어회화반에선 이런 거 끼고 회화하나요? 킬 미! 킬 미! 킬 미,
         나우!

         나시내, 장창선의 책가방을 빼앗아 거꾸로 쏟는다.
         역시 양말과 각종 무기들이 쏟아져 나온다.
         나시내, 한숨을 길게 쉰다.

나시내   책은 한 권도 없네요?

한혜령   책 살 돈이 어딨겠니. 청계천에서 옷핀 팔아 겨우겨우 사시는데.

황남필   그만합시다.

한혜령   왜요?

황남필   울 아버지가 당신한테 피해준 거 있습니까?

한혜령   아뇨.

황남필   근데 당신이 뭔데 울 아버지를 무시하고 그럽니까? 예?
         울 아버지…… 걸핏하면 엄마 패고 성질부리고 그럽니다만
         그래도 옷핀 팔아 우리 6남매를 키우고 공부시켰습니다.
         종로경찰서장보다 못할 게 없습니다. (버럭) 그러니까 함부로

비웃지 마세요.

한혜령   난 그 정도도 못 합니까?

황남필   당신이 무슨 자격으로, 왜?

한혜령   우린 영문도 모른 채 백바지 애들한테 모욕당했고 영문도 모른
             채 깡패들한테 협박당했어요. 우릴 섬으로 팔아넘길까 봐 얼마나
             가슴 졸였는지 알아요? 얼마나 떨었는지 알아요? 지금도 그때만
             생각하면 식은땀이 줄줄 흘러요. 우리가 왜 이런 일을 당해야
             합니까. 이게 다 당신들이 우릴 속이고 가지고 놀았기 때문에
             생긴 일이잖아요. 당신들이 다 꾸민 일이었잖아요.

황남필   (한혜령에게) 아니, 근데 그걸 어떻게……?

             장창선과 강봉춘, 황남필을 말 못 하게 자연스럽게 막는다.

한혜령   우리도 영화는 보거든요? 영화 보면 양아치들이 여자 꼬실 때
             그런 방법 쓰거든요? 돈 주고 사람 산 거 우리도 뻔히 알거든요?

나시내   사실인 게 단 하나라도 있었나요? 우릴 가지고 노는 게 그렇게
             재미있었어요? 그런데 사과는커녕 함부로 비웃지 말라구요?

윤영실   진백 씨.

이진백   예?

윤영실   진백 씨가 솔직히 말해보세요. 맨 처음 깡패들한테서 우릴
             구해준 것도 다 꾸민 거였나요?

이진백   아녜요. 그건 아녜요.

윤영실   집이 가난하다면서 어떻게 그날 승마복을 입고 있었어요?

이진백   봉춘이 삼촌이 경마장에서 마부로 일하세요. 토요일이나
             일요일엔 가끔씩 거기 가서 말 털 밀어주고 조금씩 일당을

받아요. 그날이 토요일이었어요. 일 끝내고 호기심에 벽에 걸려 있던 승마복을 입고 나왔어요. 어차피 다음 날 털 밀러 가기로 했으니까 아침 일찍 경마장에 가자마자 제자리에 벗어놓으면 되니까요.

윤영실   다행이네요. 그것만은 아니라니까.

한혜령   영실아, 그걸 믿니?

윤영실   그것만은 사실이래잖니.

나시내   난 이제 아무것도 못 믿겠어. (사천왕에게) 억울해요. 분해요. 화가 나서 미치겠어요. 빨리 우리 눈앞에서 사라져주세요. 제발 부탁이에요.

한혜령   그럴 필요 있니? 우리가 먼저 사라져주면 되지. 얘들아, 가자!

한혜령과 나시내, 앞장서서 간다.

강봉춘   잠깐만요. 잠깐만요.

윤영실과 신미경, 쭈뼛쭈뼛 따라나선다.
이진백, 4인방을 막고 선다.

한혜령   비켜주세요. 어서요. 우린 절대로 댁들을 용서해줄 수 없어요.

이진백, 무릎을 꿇는다.
그러자 나머지 사천왕도 무릎을 꿇는다.

나시내   어머……. 유치해요.

한혜령 수준 안 맞게 정말 왜 이러세요.

황남필 무릎을 꿇는 건 이번이 처음입니다.

장창선 우린 동풍고 영어회화반이 아니고 밴드붑니다. 일명 사천왕이죠.
다른 애들은 선생님한테 한두 대 맞으면 무릎 꿇고 씩싹 빌지만
우린 절 입구에 있는 사천왕처럼 팔짱을 끼고 턱 버티고 서서
끝까지 맞습니다. 그래서 애들이 붙여준 별명입니다.

강봉춘 우린 죽으면 죽었지 비겁하게 무릎 꿇는 놈들이 아닙니다.

이진백 아버지는 지금 감방에 계십니다. 어머닌 돌아가시구요. 폐병 걸린
누나가 봉투 접어 판 돈으로 매일 수제비를 끓여주죠. 그래서
도시락도 못 싸가요. 수제비는 퉁퉁 불으니까. 옛날엔 나도
지프차 타고 학교에 다녔습니다. 그동안 영실 씨와 이런 속얘기를
나누고 싶었습니다. 차마 못 꺼냈습니다. 실망할까 봐. 실망하면
다시는 못 보게 될까 봐……. 그동안 속인 거 미안합니다. 한
번만 기회를 주십시오.

황남필 맞습니다. 혜령 씨를 대충 좋아했다면 사실대로 다 말했을지
모르지만 너무 좋아한 나머지 속이게 된 겁니다. 속이자마자
후회가 되더군요, 허나 실토하는 순간 우리 사이는 끝장이라고
생각했습니다. 우리가 너무 별 볼 일이 없으니까요.

장창선 기회를 준다면 시내 씨한테 부끄럽지 않은 사람이 되도록
노력하겠습니다. 지난 과거가 정말로 싫습니다. 왜 그렇게
못나게 살아왔는지.

강봉춘 미경 씨를 만나고 나서부터 나한테도 목표가 생겼습니다. 앞으로
변하겠습니다. 사랑합니다. 진심입니다.

4인방, 서로 눈치를 보며 망설인다.

206

신미경   알았어요. 잠시 우리끼리 상의 좀 할게요.

4인방, 저쪽으로 가서 상의를 한다.

신미경   자, 어떻게 할래?

한혜령   난 다른 건 다 용서해줘도 공부 못하는 것만큼은 용서가 안 돼.

나시내   나도. 477, 478, 479, 480이 뭐야. 창피하게시리.

신미경   영실이 넌?

윤영실   난…… 기회를 주고 싶어.

한혜령   미경이 넌?

신미경   미안해. 너희들한테 못 한 얘기가 있어. 봉춘 씨하고 대성리에
         놀러 갔었는데 징검다리 건너다가 봉춘 씨가 내 손을 잡았어.
         순간 심장이 쿵당쿵당거리면서 몸이 붕 떠 하늘을 날아. 겨우 손
         한 번 잡은 거뿐인데. 숲속을 걸었어. 손을 꼬옥 잡은 채로. 서로
         대화는 한마디도 없었어. 꼬옥 잡은 손끼리 대화를 나누는 거야.
         "좋아합니다." "나두요." "사랑합니다." "나두요." ……하느님이
         우리 둘을 쫌매준 것 같았어.

한혜령   그래서?

신미경   용서해주고 싶어. 난 봉춘 씨를 변화시킬 수 있어. 내 힘으로
         나를 통해서. 사랑은 지구도 들어 올린다잖아.

한혜령   그래서 어쩌자고? 니네 둘은 만나고 우리 둘은 갈라서자?

신미경   이렇게 하면 어떨까?

나시내   어떻게?

4인방, 잠시 수군거리다가 사천왕한테로 온다.

나시내	기회를 한 번 주겠어요.
장창선	고맙습니다.
나시내	단, 우리를 만나려면 예비고사에 합격해야만 돼요.
장창선	예? 예비고사가 보름밖에 안 남았는데요?
황남필	차라리 여기서 담뱃불로 팔뚝을 지지라든가 칼로 손등을
	찍으라든가 이런 걸 시켜주십시오.
강봉춘	하루하루 공부해서 실력을 올려 예비고사에 합격하라는 것은
	차라리 혀 깨물고 죽으라는 것보다 더 무서운 형벌입니다.
한혜령	우릴 다시 만나고 싶다면 오늘부터 열심히 공부해서 예비고사에
	합격하세요. 그럴 수 있죠?
이진백	하겠습니다.
황남필	야……. 진백아…….
이진백	꼭 합격하겠습니다.
나시내	합격자 발표 날 여기서 만나기로 해요. 물론 합격 통지서가 없는
	분은 여기에 나올 필요가 없겠죠.

4인방, 간다.

사천왕, 벙 찐 채로 하늘을 멍하니 바라본다.

11장

후미진 골목.

단정해 보이는 김명철을 가운데 두고 장창선과 강봉춘이 양아치 폼으로 서 있고 황남필이 그 주위를 겁주면서 돌고 있다.

겁에 질려 있는 김명철.

이윽고 정적을 깨며 황남필이 말한다.

황남필   니가 장평고등학교 전교 일등짜리라메?

김명철   예.

황남필   씨벌놈, 같은 고3끼리 무슨 존댓말이냐? 전교 일등, 안 그래?

김명철   ……응.

장창선   (김명철의 뒤통수를 때리며) 이 씨벌놈이 언제 봤다고 우리 넘버 투한테 반말이야?

강봉춘   아우, 그냥 짱돌로 양손을 찍어버릴까 부다. 내일 시험 못 보게.

김명철   제발 용서해주세요.

장창선   뭘 용서해? 뭘 잘못했는데?

김명철   그냥요.

강봉춘   잘못한 게 없는데 용서를 빌면 안 되지이?

황남필   (장창선과 강봉춘에게) 아, 이 새끼들아 나도 얘하고 대화 좀 하자. (김명철이 명찰을 보며) 한자로 뭐라고 쓴 거냐?

김명철   김명철이요.

황남필   이 쌔끼가 정말. 김은 알아, 인마.

김명철   밝을 명에 밝을 철요.

황남필   아아 명철이. 김명철?

김명철   예.

황남필   명철아! 내가 니 앞자리걸랑. 난 공부를 못해. 내 깔치를 위해
         합격은 해야겠구. 내일 답 좀 가르쳐주라.

김명철   그러다 걸리면요?

강봉충   그야 니 책임이지, 인마.

장창선   야, 한 해 재수하는 게 낫겠니 영원히 절룩거리는 게 낫겠니?

김명철   (겁에 질려) 내 앞자린데 어떻게 보여드려요?

황남필   (장창선과 강봉춘에게) 야, 이리 좀 앉아봐.

         장창선과 강봉춘, 서로 사이를 두고 말 자세를 취한다.
         황남필은 강봉춘의 등에 앉는다.

황남필   (김명철에게) 넌 그리 앉아.

         김명철, 장창선의 등에 앉는다.

황남필   내가 발을 이렇게 뒤로 뺄 거란 말야. 그럼 니가 앞발로 내
         발목을 톡톡 차. 답이 1번이면 톡! 2번이면 톡톡! 톡톡톡!
         톡톡톡톡! (김명철에게) 해봐.

김명철   (따라 하다가) 다음 문제로 넘어갈 때는 약간 사이를 두고요?

황남필   그렇지. 꼴통이 팍팍 돌아가는 게 역시 전교 일등짜린 다르구마이?

         황남필, 일어난다.
         김명철도 일어난다.

장창선과 강봉춘도 바지를 털며 일어난다.

장창선   꼰지르면 죽여!

강봉춘   아주 작살내버릴 테니까.

황남필   (안주머니에서 칼을 뽑아 김명철의 목에 쓱쓱 문대며 장창선과

          강봉춘에게) 야 야, 니네들이 그러기 전에 내가 먼저 처리해.

김명철   최선을 다할게요.

황남필   넌 정답만 쳐야 돼. 내가 알아서 과목당 몇 문제씩은 틀려줄

          테니까. 답이 똑같으면 둘 다 걸리잖니.

김명철   고맙습니다.

황남필   그런 것까지 배려해서 나한테 틀린 답을 치진 말란 말야, 내

          말은.

김명철   예.

황남필   그럼 가보는데 오늘 이 일은 무덤 속까지 그대로 가져가야 된다,

          응?

김명철   예.

장창선   나중에 결혼해서 니 마누라한테까지도 말하면 안 돼?

김명철   예.

강봉춘   아킬레스건 하나 잘리고 나면 영원히 쩔뚝대걸랑.

김명철   예.

황남필   가봐.

김명철 사라진다.

황남필   (장창선과 강봉춘에게) 자, 우린 이제 됐는데 진백이는 실력으로

보겠다구?

장창선 그러게 말야.

강봉춘 다시는 윤영실을 속이고 싶지 않대.

장창선과 강봉춘, 고개를 끄덕인다.

황남필 이 쉬운 방법을 놔두고⋯⋯. 진백이가 걱정이다 걱정이야⋯⋯.

그들, 걱정스러운 표정으로 하늘을 본다.

12장

나무가 우거진 공원 숲.

한혜령, 나시내, 신미경이 교복 차림으로 벤치 주위에 모여 있다.

신미경   아, 정말 초조해 미치겠다. 결과가 어떻게 됐을까? 다 붙었을까?

한혜령   글쎄. 다 붙었을 거 같진 않은데?

신미경   근데 말야, 둘은 붙고 둘은 떨어지면 어떡하지?

한혜령   붙은 애들끼리만 만나면 되지.

나시내   설마 그걸 떨어지겠니? 전국 경쟁률이 1.1:1뿐이 안 된다는데.

            달리는 기차에 머리를 부딪혀도 그건 붙겠다 야.

한혜령   공부 못하는 애들은 쫙 3번만 찍는대.

나시내   왜?

한혜령   정답이 3번이 제일 많다고.

나시내   후후후.

신미경   예비고사 떨어지면 정말 쪽시려울 거야, 응?

나시내   (눈이 휘둥그레져서) 어머 애 좀 봐.

신미경   왜?

나시내   쪽시렵다가 뭐야?

신미경   내가 그랬어?

한혜령   꼴통 말투가 아예 입에 뱄구나.

신미경   헤헤헤. ……아 떨린다.

나시내   떨리긴 뭐가 떨리냐? 그것도 못 붙으면 그게 인간이냐?

한혜령   맞어. 바이러스지.

신미경	그래도 어떤 학교선 전교 3등짜리도 떨어졌다는데?
나시내	밀려 쓴 거겠지. 총 맞았거나.
한혜령	걱정되는 건 하나 있어.
신미경	뭐?
한혜령	어떤 학교는 예비고사에 가망이 없는 학생은 아예 시험을 못 보게 한대. 합격률 떨어진다고. 혹시 걔네들…… 학교에서 강제로 못 치게 하면 어떡하지?
나시내	정말 그럴지도 모르겠다.
신미경	만약 네 명 다 붙는다면?
나시내	그렇담 당연히 만나야지. 우리가 걔네들을 구제해준 거니까. 세상을 주무르는 건 남자지만 남자를 주무르는 건 여자라는 걸 우리가 증명해 보인 거잖아.
한혜령	아암, 우리의 힘으로 세상을 바꾼 거야. 꼴통들이 우릴 만나 사람 되고 인물이 된 거잖아. 평강공주와 온달이라고나 할까. 후후후. 역시 여자의 힘은 위대해.

그때 윤영실이 가방을 들고 나타난다.

신미경	담탱이가 뭐래?
한혜령	어머 또 꼴통 말투.
신미경	담임이 뭐라셔?
나시내	성적 떨어졌다고 야단치시디?
윤영실	응, 내일 어머니 모시고 오래.
신미경	어떡하니?
윤영실	할 수 없지 뭐. ……아무도 안 왔나 부네?

신미경	아직 10분쯤 남았어.
한혜령	너 아침 일찍 어디 가는 거야?
윤영실	응?
한혜령	학교 같이 가자고 전화하면 벌써 나갔다더라?
윤영실	성당에 들르느라고.
한혜령	매일같이?
윤영실	응.
한혜령	왜?
윤영실	그 사람들 시험 잘 보게 해달라고.
나시내	새벽 기도 다닌 거야?
윤영실	응.
신미경	그랬구나.

그때 사천왕이 교복 차림으로 나타난다.

힘없이 걸어오는 사천왕.

4인방, 혹시 떨어졌나 하고 마음 졸인다.

신미경	(조심스럽게) 어떻게…… 됐어요?

사천왕, 고개를 푹 숙인다.

신미경	떨어졌어요?

사천왕, 고개를 돌린다.

신미경   (울듯이) 어머…… 어떡해…….

사천왕, 안주머니에서 뭔가를 꺼내 보인다.
4인방, 다가가 자세히 본다.
순간, 신나서 사천왕의 가슴팍을 마구 때린다.

신미경   어머 어머 어머, 뭐예요 정말……. 너무 잘했다. 우린 떨어진 줄
         알았잖아요. 어머 축하해요.
강봉춘   그대들은 우리의 여신입니다. 여신의 명을 받잡아 우린 정말
         도서관에 처박혀 열심히 공부만 했습니다.
신미경   여신이요? 호호호호. 여신의 말을 들어서 나쁠 게 하나도 없죠?
장창선   그럼요 그럼요. 어떤 친구가 그러던데요. 이렇게 몇 개월만 더
         하면 서울 법대도 가겠다고.
황남필   밤늦은 시간까지 도서관에 있는 내 모습이 정말 대견스러웠습니다.
         빡시게 공부하고 집에 갈 때면 길거리 서성이는 애들이 다
         버러지처럼 보이더라니까요. "아, 하라는 공부를 안 하고 왜들
         이리 한심하게들 살꼬!"
한혜령   우리 여신들의 인도가 효과가 있었나 부네요.
황남필   그럼요 그럼요.
장창선   멕시코 속담에 이런 말이 있대요. "소년은 꿈꾸고 노인은
         회상한다." 노인이 되어 쪽시려울 짓은 결코 하지 말아야겠다고
         결심했습니다. 해서…… (공부하는 시늉) 열심히 파고 파고 또
         팠습니다.
나시내   멋져요 정말!
한혜령   호호호. 정말 축하드려요. 오늘 우리가 쏠게요.

216

황남필	어디서요?
나시내	명동 제과점요.
장창선	좋습니다.
한혜령	자, 명동으로 어서 가요.
황남필	기왕이면 팔짱 좀…….
한혜령	(팔짱을 끼며) 좋아요.
장창선	(나시내에게) 나도 좀…….
나시내	(팔짱을 끼며) 좋아요.
강봉호	(신미경에게) 나도 좀…….
신미경	(팔짱을 끼며) 좋아요.

세 커플이 가고 이진백과 윤영실은 머뭇거린다.

| 윤영실 | 우리도 갈까요? |
| 이진백 | 아…… 예. |

그때 강봉춘이 큰 소리로 말한다.

| 강봉춘 | 잠깐 잠깐! 우리 남자끼리 잠깐 상의 좀 하겠습니다. |
| 신미경 | 그래요 그럼. |

사천왕, 저쪽에 따로 모인다.

| 강봉춘 | 진백아, 너 왜 이래? |
| 이진백 | 기분이 좀 그래. |

장창선	야, 봉춘이 생각도 좀 해주라. 얘가 니 가짜 합격증 만드느라고 얼마나 고생했냐.
황남필	그러니까 왜 굳이 쉬운 길을 놔두고 어려운 길을 택했냐구. 그냥 우리처럼 커닝했으면 됐잖아.
장창선	예비고사 붙은 거나 떨어진 거나 무슨 차이가 있냐? 우리도 어차피 돈이 없어 대학도 못 가는데.
강봉춘	그냥 영실 씨한테 재수하겠다고 그래. 재수해서 서울대 가겠다고. 거긴 등록금이 싸니까.
황남필	우리 기분도 좀 생각해주라. 너 때문에 좀 그렇잖아.
이진백	…….
강봉춘	헤어질 수 있어? 없지?
이진백	그래.
강봉춘	그래서 속이는 거야. 사랑을 위해서 속이는 거야.
이진백	그럼 말야…….
황남필	그래 말해봐.
이진백	이 얘긴 무덤 속까지 그대로 가지고 가는 거다? 노르망디와 세트로!
황남필	그럼 그럼!
이진백	나중에 결혼해서 니들 와이프한테까지도 절대로 말하면 안 돼.
일동	그럼 그럼.
이진백	좋았어.

이진백, 활기차게 윤영실한테로 간다.

윤영실	무슨 얘길 그렇게 길게 했어요?

이진백   본고사에 대해 잠시 의논했습니다. 당면한 과제니까요.

윤영실   어머 정말요?

이진백   우리도 팔짱 좀 낄까요?

윤영실   좋아요.

윤영실, 이진백의 팔짱을 낀다.

이진백   자, 명동으로 갑시다!

그들, 팔짱을 끼고 활기차게 간다.

13장

나무가 우거진 공원 숲속.

황남필과 장창선, 한혜령과 나시내, 강봉춘과 신미경이 각각 벤치에
앉아 있다.

늙은 모습의 그들.

일광욕을 즐기며 회상에 잠겨 있다.

그때 늙은 모습의 이진백과 윤영실이 손을 잡고 천천히 벤치로 온다.

이진백의 손에는 야외용 바구니가 들려 있다.

벤치에 앉는 그들.

윤영실이 야외용 바구니에서 책과 돋보기를 꺼내 이진백에게 건넨다.

이진백, 돋보기를 쓰고 독서한다.

윤영실, 이진백의 어깨에 담요를 걸쳐준다.

바구니에서 물병과 커피 병과 먹을 것을 꺼내 가지런히 놓는 윤영실.

이진백은 독서하고 윤영실은 눈을 감고 회상한다.

그래도
기차는 간다

등장인물   장유나

　　　　　　강수호

　　　　　　임채빈

　　　　　　강수정

　　　　　　김검사

　　　　　　봉자

　　　　　　조감독

　　　　　　막내

　　　　　　상필

　　　　　　최대표

　　　　　　손장봉

　　　　　　김원장

　　　　　　아줌마

1장

어둠 속에 잠긴 호텔 컨벤션 홀 스테이지.

어디선가 희미하게 들려오던 '탁탁탁!' 스틱 리듬이 점점 크게 들려온다.

그때 외줄기 불빛이 무대 한곳을 비추면 램프의 요정이 탭댄스를 추며

무대 가운데로 나와 흥겹게 춤을 춘다.

영화 〈바이 바이 샌프란시스코〉의 쫑파티 현장.

사회를 맡은 조감독이 관객의 호응을 유도하고 있다.

조감독   이 자리를 빛내주기 위해 특별히 초청된 램프의 요정께 다시 한번
         힘찬 박수 부탁드립니다.

         박수 세례를 받으며 뒤편 무대로 사라지는 램프의 요정.

조감독   이 자리에 한 분을 더 모셔보도록 하겠습니다. 우리 모두 두 번
         다시 보고 싶지 않은 얼굴입니다. 생각나시죠? 부산 호텔 파티
         장면 찍을 때! 우리 스태프들이 자꾸 집어 먹는다고 촬영할
         음식에 파리약을 뿌린 사람입니다. 한국 영화계의 최고 짠물
         최영표 제작자이십니다.

         최영표가 무대로 걸어 나온다.

최대표   조감독!
조감독   (공손하게) 네?

최대표   그래도 입봉 할 때는 우리 영화사로 올 거지?

조감독   무진 애를 써보겠습니다. 안 가기 위해.

최대표   하하하. 오기만 해봐라. (객석에 정중히 인사하며) 감사합니다. 이 컨벤션 홀을 50프로로 후려쳐서 빌려보려 했습니다만 그렇게는 못 하고 겨우 28프로 할인받는 데 그쳤습니다. 호텔 사장, 아주 짠돌이예요.

요정들   왜 그렇게 살아, 그렇게 좀 살지 마.

최대표   (요정들에게) 시끄럿! (다시 객석을 보며) 돈만 있다고 다 영화 제작하는 줄 아십니까? 작품을 보는 안목, 배팅할 수 있는 결단력, 어떤 난관도 뚫고 나갈 수 있는 추진력, 이 삼박자가 맞아떨어져야 합니다. 저를 미워하지 마세요. 촬영에 들어가면 저는 짜장면 한 그릇도 마음 편히 못 먹습니다. 1년 전 〈내 사랑 요코하마〉를 찍을 때였습니다.

          사무실에서 1,800원짜리 짜장면을 시켜 먹고 있다가 조감독 전화를 받고 부리나케 차를 몰고 군산 앞바다로 달려갔습니다. 하! 다 도망가고 악바리 혼자 있더라구요. 촬영감독? 악바리와 싸우고 서울로 올라갔죠, 조명 갔죠, 음향 갔죠, 저 조감독마저 작부집에서 술에 쩔어 있더라구요. 하지만 전 〈내 사랑 요코하마〉로 전국 천만을 동원하며 떼돈을 벌었습니다. 다 그 악바리 덕분이죠. 이번 영화 〈바이 바이 샌프란시스코〉도 저한테 대박을 안겨줄 것이라 확신합니다. 왜냐? 그 악바리가 또 찍었으니까. 조감독, 이쯤 해서 그 악바리를 이 자리에 모셔보는 게 어때?

조감독   안 됩니다.

최대표   (인사하며) 여러분, 그 악바리와 작업하시느라 그동안 정말 고생 많았습니다. 2백 프로 대박을 확신합니다.

최 대표가 손을 흔들며 퇴장한다.

조감독   조감독이 뭡니까? "야! 커피" "네!" "야! 의자!" "네" "야!
야! 야!" "네! 네! 네!" 이게 조감독입니다. 간 쓸개 다 빼야
한다구요. 우리가 물레방압니까? 똑같은 장면을 찍고 또 찍고,
찍고 또 찍고. 미치지 않으면 다행이에요. 그런데 참 이상하죠.
그렇게 이를 북북 갈며 찍은 영화가 매번 대박인 겁니다.
정말이지 불러내기 싫은 인물이지요. 하지만 어쩝니까. 그래도
명색이 감독인데. 〈바이 바이 샌프란시스코〉의 마지막 게스트,
장유나 감독님이십니다. 힘찬 야유 부탁드립니다.

배경 막에 군산 앞바다가 펼쳐진다.
유나가 등장하여 배경 막 중앙에 뒷모습으로 포즈를 취한다.
조감독, 객석에 '우우' 하는 야유 소리를 유도해낸다.
보무도 당당하게 무대 전면으로 걸어 나오는 장유나.

유나   조감독!

조감독   (공손하게) 네?

유나   이 〈바이 바이 샌프란시스코〉를 끝으로 다시는 너하고 일 안
하겠어. 바이 바이야!

조감독   고맙습니다, 감독님!

유나   최 대표!

최대표   왜?

유나   내가 왜 제목을 〈내 사랑 샌프란시스코〉에서 〈바이 바이
샌프란시스코〉로 바꾼지 알어?

최대표	거기서 스톱! 그만! 그만!
유나	대박이여, 바이 바이!
최대표	(머리를 감싸며) 아쿠쿠쿠쿠!
유나	(객석을 보며) 악바리가 아니었다면 어떻게 생존 게임이 치열한 영화판에서 살아남을 수 있었겠습니까……라는 말이 요기까지 치밀어 올라옵니다만 참겠습니다. 이젠 악바리로 소문나서 그런지 상대들이 미리미리 피해줍니다. 하여 이번 작업은 저로선 굉장히 편했고 행복했습니다. 촬영감독님과 다섯 번뿐이 안 싸웠고 조명감독님도 짐만 두 번 쌌을 뿐 현장에서 철수한 적은 없었습니다. 이 정도면 행복한 거 아닙니까? 제가 이렇게 부드럽게 말하는 이유를 아시죠? 보충 촬영할 게 다섯 컷 남았거든요.

일행들, 모두 웃는다.

조감독	참 희한한 일이에요. (유나에게) 감독님! 피도 눈물도 없는 그 철가슴으로 어떻게 이 절절한 러브 스토리를 찍을 생각을 했어요?
유나	야, 이 돌대가리야! 너는 영화를 가슴으로 찍냐? 머리로 찍지, 머리로! (인사하며) 정말이지 그동안 고생이 많으셨습니다. 감사합니다.
조감독	노래해! 노래해! 노래해!

그때 유나의 휴대전화가 울린다.

유나	아하! 핸드폰 끄는 걸 깜박했네요. (받는다.) 여보세요?

장유납니다. (깜짝 놀라 꽥 하니 소릴 지른다.) 뭐야? 병원이
어디야?

2장

병원 복도.
유나가 벤치에 앉아 벌벌 떨고 있다.
유치원 원장은 유나에게 사죄한다.

원장   예림이 어머니, 죄송합니다.

유나, 말없이 벌벌 떨고 있다.

원장   뭐라 드릴 말씀이 없습니다.

유나, 계속 떤다.

원장   용서해주십시오. 틈만 나면 선생님들께 안전사고에 대해
       강조하고 있습니다. 오늘도 했습니다. '자나 깨나 안전사고
       앉으나 서나 안전사고'. 담임선생님 인솔하에 길을 건너는데
       갑자기 골목에서 튀어나온 차 때문에 이렇게 된 겁니다.

유나, 원장의 그 말에 인상을 확 쓰며 일어선다.

유나   차 때문에? 그래서? (더 크게) 그래서?

유나, 한 발씩 다가가며 원장을 다그친다.

그때마다 한 발씩 뒤로 물러서는 원장.

유나	우리 예림이가 차 때문에 이렇게 된 거예요? 불쑥 튀어나온 차 때문에?
원장	트럭이…….
유나	당신들의 잘못은 없어?
원장	있는데…….
유나	담임선생님은 어디 갔어요?
원장	화장실에…….
유나	유치원의 역할이 뭡니까? 돈 주고 맡겼으면 부모의 역할을 대신해주는 거예요. 부모의 역할이 뭡니까?
원장	사고 없이…….
유나	이건 선생님의 부주의로 인해 생긴 엄연한 인재예요. 인재 맞죠?
원장	네에…….
유나	어떻게 책임질 거예요?
원장	보상을…….
유나	보상? 3, 40년 뒤에 후유증이 나타나도 보상해줄 수 있어요?
원장	보험에…….
유나	만약에 차에 머리라도 받혔으면 어떡할 뻔했어요?
원장	다행히…….

그때 최 대표가 저쪽에서 온다.

유나	입이 열 개라도 할 말이 없어야 돼요. 아셨어요?
최대표	장 감독, 목소리 40프로만 좀 낮춰. 흥분하지 말고.

유나	흥분 안 하게 됐어?
최대표	사람들이 다 보잖아.
유나	보면 좀 어때?
원장	혹시 예림이 아빠 되십니까?
최대표	아닙니다.

그때 병실 문이 열리고 간호사가 휠체어를 밀며 나온다.

휠체어엔 예림이가 앉아 있는데 인형이다.

팔에 깁스를 과장되게 했다.

그쪽으로 우르르 몰려간다.

그때 유나의 전남편인 장봉이 허겁지겁 이쪽으로 뛰어온다.

장봉	예림아! 예림아! (그러다가 유나를 째리며) 내 이럴 줄 알았다.
	일한답시고 껍죽댈 때부터 이런 일이 터질 줄 알았다고.
유나	뭐 껍죽대?
장봉	그래!
유나	그래? 좋다, 그렇다 치자. 내가 껍죽대든 말든 니가 무슨
	상관인데?
장봉	예림이가 다쳤잖아, 큰일 날 뻔했잖아.
유나	그래서?
장봉	엄마가 돼가지고 애 하나 제대로 간수 못 하는 주제에 뭐
	잘났다고 큰 소리야.
유나	동화책 읽어주며 잠재우고 시간 날 때마다 같이 산책해주고 밥
	멕이고 놀아준다, 왜. 그러는 넌 예림이를 위해 한 일이 뭔데?
장봉	이러려고 데려갔니? 제대로 못 기를 거면 도로 제자리에 갖다놔.

유나 예림이가 물건이니? 가져왔다 가져가게? 법적으로 다 끝난
      문제니까 넌 한 달에 한 번 만나는 그날이나 아빠 노릇 잘해.
      알겠니? 비켜!

      유나. 휠체어를 밀고 간다.

장봉 야!
유나 ……
장봉 야!
유나 ……
장봉 야!

      유나, 야무지게 뒤돌아본다.

3장

유나의 집 거실.

소파에 김 검사가 앉아 있고 유나와 아줌마는 마주 보고 서 있다.

아줌마 앞에는 큰 트렁크가 두 개 있다.

아줌마   이쁘지도 않은 것이 내 귀헌 아들 채가드만 하필이면 이때 그년이
         2.2킬로짜리 미숙아를 낳았다 안 허요. 허는 짓마다 맴에 드는
         것이 하나도 읎는디 그려도 내 핏줄을 낳았당께 워치케 몰라라
         허겄소. 나도 정말 갈등 때린당깨. 이것이 도리가 아닌 줄 알지만
         날 이해허소, 잉?

유나   그동안 고마웠어요. (봉투를 준다.)

아줌마   월급을 그달 그달 챙겨줬슴시롱 뭘 또 준다요. (열어보며) 흐익!
         뭐가 이렇게 많으요?

유나   넣어두세요.

아줌마   아이구메.

         아줌마, 퇴장한다.

김검사   잘해줘봤자 아무 소용없어. 다들 저렇다니까. 왜 하필 꼭 오늘
         그만두겠어? 예림이가 다쳤기 때문이야. 병간호해주기도 귀찮고
         밥 멕이랴 오줌 뉘랴 그만큼 일이 많아질 것 같으니까.

유나   그렇게까지 생각하고 싶지 않아.

김검사   사람은 다 자기 편할 대로만 행동하게 돼 있어.

유나   며느리가 애를 낳았다잖아.

김검사   핑계라니까.

유나   김재룡!

김검사   응?

유나   좀 긍정적으로 생각할 수 없니? 검사라서 그래? 왜 그렇게 늘 삐딱하게 생각해?

김검사   병원에 못 가봐서 섭섭했니?

유나   비약하지 마. 난 지금 아줌마 얘길 하고 있어.

김검사   요즘 정신이 없어. 잘 알잖아?

유나   알지. 밥 먹을 시간조차 없다는 거.

김검사   (유나의 뒤에 서서 끌어안으며) 끝까지 파헤칠 거야.

유나   대통령까지도?

김검사   응. 다시는 이 나라에 어떤 비리도 발붙이지 못하게.

유나   좋겠네.

김검사   뭐가?

유나   파헤치면 파헤칠수록 넌 스타가 될 거구.

김검사   맞았어. 이번 일만 제대로 해내면 매스컴의 주목을 받을 거야. 모든 사람들이 날 알아볼 테구. 그때 화려하게 올리는 거야. 니가 재혼이라고 해서 생쥐들의 결혼식처럼 숨어 할 수는 없잖아. (주머니에서 목걸이를 꺼내 유나의 목에 걸어주며) 넌 나의 이상형이야. 세상에서 가장 행복하게 해줄게.

        김 검사, 유나를 또다시 끌어안는다.

김검사   가서 거울 좀 봐봐. 잘 어울리나.

유나	(무뚝뚝하게) 다음에 볼게.
김검사	준 사람 성의를 생각해서라도 지금 봐라, 좀!
유나	너두 참…… 답답하다.
김검사	왜 그래? 목걸이가 맘에 안 들어?
유나	예림이가 열다섯 바늘이나 꿰매고 깁스를 했다. 쯧쯧쯧.

그때 초인종 소리.

유나 인터폰으로 받는다.

유나	(인터폰에 대고) 누구세요?

인터폰 버튼을 눌러 문을 열어주는 유나.

김검사	누군데?
유나	채빈이.
김검사	가봐야겠다. 내가 뭐 도와줄 일 없어?
유나	시간 나면 집에 와서 우리 예림이하고 좀 놀아줄래?
김검사	(신경질적으로) 너 정말 오늘 왜 이래?
유나	왜 갑자기 화를 내고 그래? 답답해서 한마디 한 걸 가지고.
	그리고 내 말이 뭐 그렇게 화낼 말이었니?
김검사	아무리 예림이가 다쳤다 하더라도 너무한 거 아니냐?
	기자회견까지 물리치고 없는 시간까지 쪼개서…….
유나	(말을 자르며) 와준 거 고마워.
김검사	……?
유나	이젠 됐어?

그때 채빈이 양손에 선물 꾸러미를 들고 등장한다.

채빈   어머, 김 검사님!
김검사   어서 오십쇼.
채빈   요즘 아주 활약이 대단하시던데요?
김검사   채빈씨야말로 아주 잘나가시던데요. 신문에서 봤습니다.
         최고가로 재계약하셨다고.

김 검사, 옷걸이에서 양복 상의를 꺼내 입는다.

채빈   왜, 벌써 가시게요?
김검사   예, 마침 일어서려던 참이었습니다. 그럼 다음에 또 뵙죠.
채빈   다음엔 우리 찐하게 술 한잔해요. 핸드폰 꺼놓고.
김검사   예, 좋습니다.

김 검사를 현관까지 배웅해주고 돌아오는 유나.

채빈   촬영 중이라 늦었다, 얘. 얼마나 놀랐니? 예림이는?
유나   자고 있어.
채빈   마취 깨면 아파할 텐데. 먹을 걸 좀 사 왔다. 오늘 여기서 같이 밤
         새줄게.
유나   니네 애들은 어떡하고?
채빈   지 아빠가 알아서 잘 챙겨 멕여. 아줌마는?
유나   나갔어.
채빈   아주?

유나	응, 돌아버리겠다 정말. 해야 할 일이 태산 같은데. 보충 촬영도 해야 하고 후반 작업도 해야 하는데.
채빈	어디서 또 구해봐야겠네. 나도 알아볼게. 둘이 싸웠니?
유나	응?
채빈	김 검사랑 말이야.
유나	우리야 맨날 그렇지 뭐.
채빈	그래가지고 결혼할 수 있겠니?
유나	글쎄 모르겠다. 재는 자꾸만 날짜 잡자는데 나는 재만 보면 즐겁지가 않아.
채빈	쟨 아냐. 내가 옛날부터 그랬잖니.
유나	왜?
채빈	잘난 놈들은 꼭 잘난 값을 하잖니. 난 니 능력을 믿는다. 넌 세계적인 감독이 될 수 있어. 근데 그런 능력 있는 여자들이 결혼하면 어떻게 되디? 생활에 발목이 잡혀 지 능력을 발휘하지 못하잖아. 잘난 남자 필요 없다. 남자들 똑똑하고 잘나봐야 거들먹거리고 바람밖에 더 피우겠어? 어디 가서 어리버리나 구해봐. 고개 딱 꺾고 집에 들어와 살림이나 열심히 할 수 있는. 예림이한테는 좋은 엄마가 될 수 있고 너한테는 좋은 아내가 될 수 있는.

유나, 한숨을 푹 내쉰다.

채빈	넌 인간이 왜 태어났다고 생각해?
유나	하고 싶은 말이 뭔데?
채빈	인간은 진화하기 위해서 태어났어. 보다 나은 삶을 살기 위해!

유나   맞어.

채빈   나 봐! 우리 수영 아빠 예전에 잘나갈 때, 어땠는 줄 아니? 담배
       한 대 피울래도 날 세 번씩 불러. "야, 담배!" "야, 라이터!"
       "야, 재떨이!" 시중드느라 쩔쩔맸지. 그런데도 이 인간은
       밖에 나가기만 하면 계집질이야. 그러다가 내가 돈을 더 잘
       버니까 기가 팍 죽더라. 그래서 내가 그랬지. "당신이 나가서
       돈을 따따블로 더 벌어오든지, 아니면 내가 따따블로 벌어올
       테니 집에서 살림을 하든지 둘 중 하날 택해! 둘 다 싫으면
       갈라서고!"
       다니던 직장 그만두고 지금 집에서 얼마나 살림을 잘하고
       있니. 난 맘 편하게 활동하고 집에 가면 수영 아빠가 밥 차려줘
       안마해줘, 이런 공주마마가 없다. 붕붕 떠서 아주 행복하게
       살아.

유나   아, 어디 수영 아빠 같은 사람 또 없을까?

채빈   왜 없어? 째구 쌨지.

4장

영화사 사무실.

여기저기서 전화벨이 울리고 연출부 팀들이 바쁘게 움직이고 있다.

그때 유나가 비디오테이프를 양손으로 한 아름 들고 사무실로 바쁘게

들어온다.

연출부 막내가 유나를 보자 주저하며 다가간다.

막내   저어…… 감독님.

유나   너 "저어……" 소리 또다시 하면 머리를 바리캉으로 빡빡

           밀어버린댔지? 뭐야? 빨리 말해.

막내   안 된다는데요.

유나   뭐가?

막내   못 빌려주겠다는데요.

유나   뭐가? 주어 좀 말해, 주어 좀!

막내   경마장 못 빌려준다는데요.

유나   왜? 이유가 뭐야?

막내   경마장 이미지가 나빠진다고 마사회에서 안 빌려주겠다는데요.

유나   아니 그럼 경마장이 도박꾼들 모이는 데지 법대생들 고시 공부

           하는 데니?

막내   그렇게 말했는데요.

유나   너 전화로 알아봤지?

막내   아뇨, 직접 찾아갔는데요.

유나   또 찾아가. 될 때까지 찾아가. 안 되면 거기서 살어. 촬영

허락받기 전까지 내 앞에 얼씬거리지도 마. 알았어?

막내	저어······.
유나	야, 조감독!
조감독	예?
유나	가서 바리캉 가져와. 어서!

그때 최 대표가 들어온다.

최대표	어이, 장 감독! 됐어, 됐어! 100프로 됐어!
유나	아후, 정말 오늘 다들 왜 이런대니. 주어 좀 말해라, 주어 좀!
최대표	마사회에서 오케이 사인 났어.
유나	후와!

다들, "야호!" 하며 환호성을 지른다.

최대표	내가 한다면 하는 놈 아니냐. 안 되는 일을 되게 하는 게 나 아니냐.
유나	잘했어. 수고했어. 어떤 라인으로 치고 들어갔니?
최대표	라인까지 뭐 필요하냐. 전화 한 방으로 끝냈지.
유나	어떻게?
최대표	김 검사!
유나	응?
최대표	어허, 이 친구가 왜 이래. 자기 애인도 까먹었나.
유나	김 검사가 김재룡이라는 걸 몰라서 묻는 거니? (버럭) 왜 걔한테 그걸 부탁해?

최대표	(더 크게) 너 왜 이래. 야, 우리가 누구냐. 영화쟁이야. 영화쟁이면 영화를 위해서 무슨 짓이든 다 해야 하는 거 아냐. 야! 조감독!
조감독	예?
최대표	황 선생의 십팔번이 뭐야? 말해봐!
조감독	(큰 소리로) 영화쟁이는 영화를 위해서라면 마누라까지 팔아먹을 수 있다. 그래도 괜찮다.
유나	(더 큰 소리로 제압하며) 부탁하려면 최소한 나한테 물어보기라도 했어야지! 부탁할 사람이 그렇게 없었어? 그러고도 니가 영화사 대표냐? (비디오테이프를 책상에 꽝 하고 내려치며) 왜 하필 그 친구냐구, 엉?

순간 정적.
잠시 후,
수호가 색소폰 가방을 들고 헐레벌떡 뛰어 들어오며 소리친다.

수호	늦어서 죄송합니다. 늦어서 죄송합니다. 갑자기 단체 주문이 들어와서 배달하고 오느라고 늦었습니다, 한 번만 봐주십시오. 죄송합니다!

수호, 연신 고개 꾸벅이며 씩씩하게 말한다.
난데없는 수호의 등장에 어리둥절한 영화사 사람들.
수호, 분위기가 호의적이지 않음을 눈치채고는 '헤헤헤' 웃으면서
가방에서 포장된 샌드위치를 하나씩 돌린다.

수호	헤헤헤. 이거 하나씩 잡숴보세요.

상필   이게 뭐예요?

수호   샌드위치인데요.

상필   어떻게 오셨는데요?

수호   오늘이 오디션 보는 날 아닙니까?

조감독   (퉁명스럽게) 낼모레예요.

수호   연기됐습니까?

상필   아뇨. 본래 그날인데요.

수호   아, 그래요? 제가 잘못 봤나 부네요. 헤헤헤. 기왕 가져온 거니
       하나씩 드셔보십쇼. 맛있습니다.

       수호, 최 대표에게도 주고 유나에게도 준다.
       유나, 받지 않자 재차 받으라고 샌드위치로 유나의 팔을 툭툭 친다.
       순간, 소릴 버럭 지르는 유나.

유나   당신 뭐야? 왜 껍죽대고 지랄이야? 나가!

5장

길거리에 있는 포장마차형 샌드위치 가게.

수정이 앞치마를 두르고 일하고 있고 봉자는 의자에 앉아 있다.

무대 저쪽에 액세서리 리어카가 있다.

봉자   수호 씨는 고등핵교 때 공부 잘혔슈?

수정   응, 그럭저럭.

봉자   수호 씨는 취미가 뭐래유?

수정   색소폰 부는 거.

봉자   잘 불어유?

수정   내가 볼 땐 신통치 않아. 실력이 없는 건지 색소폰이 워낙
          고물이라 그런 건지 걸핏하면 삑사리야.

봉자   워메 워메, 성님도 그런 말을 다 쓰슈? 삑사리가 뭐래유 삑사리가.
          우리같이 무식한 것들이나 쓰는 말인 줄 알았는디.

수정   그게 그렇게 무식한 말이니?

봉자   그럼유. 저 남자를 좋아혔는디 저 남자가 날 차버리면 그때
          삑사리 났다고 그러는 규.

수정   난 몰랐어. 수호가 하도 삑사리 난다고 투덜거리길래 보통 쓰는
          말인 줄 알았지.

봉자   수호 씨도 참, 안 어울리게 왜 그런 말을 쓰고 그런댜. 품위 없게.

수정   쓸데없는 소리 그만하고 어서 가서 가게 지켜.

봉자   손님도 없는데유 뭘.

수정   주인이 가게를 지키고 있어야 지나가던 손님도 사고 싶은 마음이

들지.

봉자   오늘 장사는 틀렸나 뷰. 들어갈까 봐유. 몸이 영 신통치 않네유.
        수호 씨는 왜 아직 안 온대유? 얼굴 한번 보구 가려구 혔더니.

수정   봉자는 우리 수호가 그렇게 좋아?

봉자   성님은 누굴 허벌나게 좋아혀본 적 읎쥬?

수정   왜?

봉자   워치케 된 게 얼굴을 못 보면 잠이 안 와유.

수정   우리 수호 너무 좋아하지 말어.

봉자   수호 씨는 지가 싫대쥬?

수정   응.

봉자   성님도 지가 싫은감유?

수정   아니, 봉자 혼자서 짝사랑하다가 삑사리 날까 봐 그러지.

봉자   (일어서며) 그런 말 허지 말어유. 지는 수호 씨 보는 그 힘으로
        살어유. 갈게유.

수정   그래. 어서 가.

봉자가 나가려다가

봉자   색소폰 쓸만한 건 월메나 헌대유?

수정   아서!

봉자   자꾸 삑사리 난다니깨 마음이 아프네유.

수정   그런 짓 하지 마. 괜한 말 했다고 수호한테 나 욕 멕이게 하지
        말고, 그러면 봉자한테 앞으로 수호 얘기 못 해.

봉자   알유 알유. 하지만 지도 물류. 지 마음이 워치케 작용헐른지는.

봉자, 진열대를 턱턱 접어 리어카를 끌고 퇴장한다.

그때 수호가 활짝 웃으며 뛰어온다.

수호 누나, 늦어서 미안해. 힘들지? 어서 들어가. 영식이 밥
      차려줘야지.

수정 너 오디션 잘 본 모양이구나?

수호 여기 수금한 돈! (돈을 건네며) 다음 주부턴 스무 개씩 더 해달래.

수정 배달 갔다 안 늦었니?

수호 오디션 날짜를 잘못 알았나 봐. 내일모레래.

수정 장유나 감독 만났니?

수호 응.

수정 이쁘디?

수호 사진보다 실물이 낫더라.

수정 소원 성취 했겠네? 보니까 어떻디?

수호 욕만 먹었어. 맘속에서 상상했던 그런 사람이 아니야. 누나, 나
      오디션 보러 안 갈래.

수정 왜?

수호 욕 실컷 먹고 쪽팔리게 다시 찾아가는 것도 우습잖아, 그치?

수정 절실함의 문제겠지. 오디션 보는 게 절실한지 쪽팔리지 않는 게
      절실한지.

246

6장

영화사 사무실.

수호가 색소폰을 불고 있고 유나를 비롯한 연출부원들이 지겨운
표정으로 듣고 있다.

연신 삑사리가 나는 색소폰.

수호, 진땀을 흘린다.

유나   (조감독에게 작은 소리로) 불쌍해서 못 듣겠다.

조감독   좀 모지리 같애요.

유나   야, 고만하라고 그래.

조감독   (수호에게 큰 소리로) 잘 들었습니다. 그 특기는 됐구요, 다른
         특기는 없습니까?

수호   없는데요. 오로지 색소폰뿐이…….

다들, 피식거리고 웃는다.

조감독   어떤 영화에 출연하셨죠?

수호   저어…… 출연한 적 없는데요. 오디션 보는 것도 처음입니다.

조감독   왜 그동안 한 번도 안 봤어요?

수호   쑥스러워서요.

조감독   평소에 해보고 싶었던 역은 뭐예요?

수호   액션요.

조감독   몸 잘 써요?

수호   저어…… 약간요.

조감독   한번 해보세요. 앞에 다섯 명의 양아치가 있다 생각하고
         때려눕히세요.

         수호, 원투 스트레이트와 훅을 연거푸 날리며 붕 떠서 발차기로
         마무리를 지으나 좀 어설프다.

수호   저어…… 다시 한번 해보면 안 될까요?

막내   가급적이면 "저어" 소리 좀 빼주시죠, 우리 감독님이 그 말을
         제일 듣기 싫어하거든요.

수호   ……예.

유나   아침 안 먹었어요? 무슨 배우가 그렇게 자신감이 없어요?
         그래가지고 연기하겠어요?

수호   저어…… 떨려서…… 침이 자꾸 마르고…… 혀가 말려
         올라가구…….

         수건으로 땀을 닦는 수호.
         유나가 뒷주머니에 한 손을 넣고 건들건들 생수병을 들고 가서
         수호에게 건넨다.
         유나, 양손으로 수호의 어깨를 힘차게 잡으며 거만하게,

유나   나보다 어려 보이는데 말 놔도 되겠지?

수호   그럼요.

상필   리딩 한번 시켜볼까요?

유나   아냐 됐어. 혀가 말려 올라간다잖니. (수호에게) 운동은 뭐 뭐

했어?

수호   검도, 유도, 태권도, 합기도, 주짓수…….

유나   합이?

수호   예?

유나   합이 총 몇 단이냐구?

수호   14단입니다.

유나   14단? 살면서 운동만 했어?

수호   예……. 가난해서……. 가난을 이기려구……. 운동하면 잊을 수

        있을 거 같아서…….

유나   아버진 뭐 하셔?

수호   …….

유나   왜, 대답하기 싫어?

수호   아닙니다. 형무소에 계십니다.

유나   간수? 죄수?

수호   죄수요.

유나   어머님은?

수호   돌아가셨습니다.

유나   형제들은?

수호   5남맵니다.

유나   막내?

수호   위로 시집가신 누님이 한 분 계시고 제가 장남입니다.

유나   동생들이 줄줄이겠네?

수호   예.

유나   어떻게 먹구살아?

수호   누님하고 같이 샌드위치 가게 하고 있습니다.

유나	어디서?
수호	3호선 연신내역 1번 출구로 나와서 20미터쯤 가다 보면 LG전자가 있고 그 앞에서 하고 있습니다.
유나	앞에서?
수호	예. 길거리에서 하고 있습니다.
유나	결혼했어?
수호	아뇨.
유나	(조감독에게) 계약해!
조감독	예?
유나	계약서 쓰라구.

유나, 돌아서서 유유히 걸어간다.

7장

샌드위치 가게.

유나가 모자를 푹 눌러쓰고 커피를 마시며 대본을 읽고 있다.

수정이 샌드위치를 은박지에 싸고, 봉자가 노래를 멋들어지게 뽑으면서

은박지에 싸놓은 샌드위치를 큰 종이 백에 차곡차곡 담는다.

봉자는 귀걸이와 목걸이를 치렁치렁 달고 한껏 멋 부린 자태.

봉자   내일이 촬영이라쥬?

수정   응.

봉자   워디서 찍는대유?

수정   몰라.

봉자   성님은 안 가실 뀨?

수정   내가 왜 가? (그러다가 스치는 생각에) 설마 거기 따라갈 생각 하는

        건 아니지?

봉자   성님도 참, 지가 거길 왜 가유. 지가 그 정도도 눈치가 읎을 거

        같유? 지는 수호 씨 잘되는 거 뒤에서 묵묵히 지켜보는 걸루

        족혀유.

수정   오늘따라 귀걸이에 목걸이를 치렁치렁 달고 그래서.

봉자   수호 씨가 본격적으로 나선다길래 지도 본격적으로 흉내 한번

        내봤슈. 지도 안 빠지쥬?

수정   후후후.

봉자   그나저나 걱정이에유.

수정   뭐가?

봉자	거긴 백여시들만 드글드글하다던디 거기 가서 워치케 살른지. 말이야 바른말이지만 수호 씨가 그런 방면으론 맹물이잖유. 솔직히 말하자문 어린거 혼자 냇가에 물놀이 보내는 에미 심정유. 저 액세서리 가게만 아녔어두 양팔 걷어붙이고 지가 매니저로 나서서 달라붙는 거머리들 탁탁 쳐내고 요사스러운 것들 빡빡 밟아버려야 헐 텐디. 안 그류?
수정	아니. (일을 마치고) 자, 다 됐다. 그럼 수고 좀 해.
봉자	영진빌딩 402호랬쥬?
수정	응, 푸른 산악회.
봉자	영수증은 넣남유?
수정	응.
봉자	가볼게유.
수정	고마워.
봉자	고맙긴유, 돕구 살아야쥬. 수호 씨 일이 지 일 아닌감유?

봉자, 양손에 비닐봉지를 들고 나간다.

잠시 후, 수호가 온다.

수호	누나!
수정	응, 어서 와라. 연습은 다 했어?
수호	응, 극단에서 하루 종일. (재킷을 보이며) 이거 길수한테 빌린 건데, 어때?
수정	내일 그거 입구 가려구?
수호	응, 어울려?
수정	어울리긴 하네.

수호	그럼 됐어. 들어가, 누나!
수정	너나 어서 들어가서 푹 쉬어. 피곤할 텐데. 오이 마사지도 좀 하구.
수호	아냐, 내가 있을게, 어서 들어가.
수정	아니라니까.
수호	나 하나도 안 피곤해. 정말이야.
수정	아니라니까 얘는. 내일이 어떤 날인데 니가 장살해?
수호	누나! 이젠 고생 끝났어. 앞으로 내가 책임질게.
수정	그러면 얼마나 좋겠니.
수호	내 소원은 딱 하나야. 누나 고생시키지 않는 거. 꼭 성공할게. 조카들 공부도 내가 다 시켜주고 집도 사줄게.
수정	말만 들어도 배부르다, 얘.
수호	어서 들어가라니까!
수정	그래, 그래. 여기 손님 야채 샌드위치하고 커피 드셨다.

수정 나간다.
잠시 후,

유나	여기 물 한 잔만!
수호	예예.

수호가 물을 건넨다.
그제야 유나를 알아보는 수호.

| 수호 | (깜짝 놀라며) 아니 감독님! 어쩐 일이세요? |

유나	대본도 수정할 겸 수호도 만날 겸 해서. 수호가 할 역도 있을 것 같구.
수호	감사합니다. 감독님!
유나	누님 인상이 아주 좋으신데?
수호	헤헤헤…….
유나	여기서 장사한 지 오래됐어?
수호	누나 중학생 때 어머니가 돌아가셨거든요, 그때부터 누나가 학교 그만두고 바로 이 자리에서 리어카 장사를 했어요. 귤도 팔고 호떡도 팔고.
유나	아, 그랬구나. 누님한테 잘해야겠다.
수호	예, 감독님.
유나	한국 영화계의 최고 악바리가 나래. 우리 연출부 애들까지 이 말에 전혀 이의를 달지 않지.
수호	후후후. 지금은 전혀 그렇게 보이지 않는데…….
유나	부탁이 하나 있어.
수호	뭔데요?
유나	나한테 네 살배기 딸이 있는데 이번에 교통사고를 당했거든. 심한 건 아니지만 팔에 깁스를 했어. 낮에 누가 돌봐줄 사람이 필요한데 마땅한 사람이 있어야지. 알다시피 난 영화 작업이 막바지라 낮엔 도통 집에 있을 수가 없거든.
수호	제가 할게요. 애들 아주 잘 봐요. 누나네 조카들도 제가 다 기르다시피 했거든요.
유나	그래줄 수 있겠어?
수호	그럼요.
유나	어렵게 꺼낸 말인데 이렇게 쉽게 대답해주니까 마음이 한결

가볍네. 가게엔 지장이 없을까? 누님하고 같이 한다고
들었는데…….

수호　　　아녜요. 연극 공연할 땐 몇 달씩이나 못 도와드린 적도 있는데요,
뭘. 아무 걱정 마세요. 전 밥도 잘하고 빨래도 잘하고 청소도
잘해요!

8장

여인의 집.

여인이 소파에 앉아 있고 수호는 창가에 서 있다.

여인, 눈을 감고 파르르 떤다.

수호는 한없이 슬픈 눈으로 여인을 바라본다.

이윽고 수호가 꽃병이 있는 데로 천천히 걸음을 옮긴다.

꽃병에 있는 꽃을 뽑아 드는 수호.

꽃을 들고 천천히 여인에게로 다가간다.

수호. 꽃 한 송이를 꺾어 여인의 머리에 꽂아준다.

또 꽂아준다.

또 꽂아준다.

여인, 울먹인다.

수호, 뒤에 서서 여인을 잠시 바라보다가 손에 든 나머지 꽃을 탁자에

툭하니 던진다.

흐트러지는 꽃들.

여인의 울먹임이 거세진다.

수호, 천천히 밖으로 사라진다.

그때 유나가 나오면서,

유나   컷!

조감독   감독님, 됐습니까?

유나   촬영 이상 없어요?

촬영감독 예.

유나　　　음향 이상 없어요?

음향감독　예.

유나　　　조감독, 어땠어?

조감독　　좋습니다.

유나　　　오케이!

조감독　　수고하셨습니다!

그때 유나 옆으로 자판기 커피를 마시며 다가오는 채빈.

채빈　　　어떤 장면인데?

유나　　　변심한 애인 집에 찾아와서 저주를 퍼붓는 거야.

채빈　　　대사는 없어?

유나　　　없어.

채빈　　　이 한 신뿐이니?

유나　　　한 신 또 있어. 다음 장면에 자살해. 차에서 에어컨 틀어놓고
　　　　　질식사하는. 전번 배우가 요 신 찍어놓고 음주 운전으로
　　　　　구속됐잖니. 그래서 보충 촬영하는 거야.

채빈　　　그 신도 대사는 없고?

유나　　　없어.

채빈　　　잘했어. 스타 되지 않도록 조심해.

유나　　　어때?

채빈　　　느낌이 좋아.

유나　　　그렇지?

채빈　　　잘생긴 거 빼고는. 똑똑 안 하지?

유나　　　안 해.

채빈	경제 능력은?
유나	없어.
채빈	집도 가난하고?
유나	응.
채빈	군식구들은?
유나	동생들이 줄줄이야.
채빈	아주 좋았어.
유나	왜?
채빈	군식구가 많아야 니가 그 집에 경제적으로 도움주는 게 빛날 거 아냐. 건강은?
유나	최고야.
채빈	장유나!
유나	응?
채빈	너 아무래도 최고를 고른 것 같다.
유나	그래?
채빈	일단 김 검사를 정리해!
유나	알았어.
채빈	그리고 니 악바리 성질 싹 감추고 아주 나긋나긋 야들야들 유혹해. 그런 다음 저 친구를 자빠뜨려! 수단 방법 가리지 말고 무조건!
유나	알았어.
채빈	몸은 섞되 감정은 섞지 마! 사랑은 절대 금물이야!
유나	옛썰!

9장

　　　　유나의 집.

　　　　유나, 즐겁게 음식을 준비하고 있다.

　　　　식탁에 촛불을 켜놓고 와인 잔도 갖다 놓는다.

　　　　음악도 튼다.

　　　　그때 수호가 예림이를 유모차에 태우고 들어온다.

수호　　　어? 집에 와 계셨네요?

　　　　유나, 수호를 보자 아주 나긋나긋 오버한다.

유나　　　어머! (예림이를) 이리 줘!

수호　　　아녜요. 제가 방에다 눕힐게요.

　　　　방에다 예림이를 눕히고 나오는 수호.

수호　　　예림이가 그네를 타고 싶다길래 제가 안고서 태워줬어요.

　　　　그랬더니 금방 잠들어버리는 거 있죠.

유나　　　하루 종일 힘들었지?

수호　　　힘들긴요. 아주 재밌어요. 참, 오늘 늦는댔잖아요?

유나　　　경마장 신 촬영이 예상보다 빨리 끝났어. 끝나자마자 곧장

　　　　달려왔지.

수호　　　그럴 리야 없겠지만 혹시 예림이가 걱정돼서 대충대충 끝내고

들어오는 건 아니죠?

유나 설마?

수호 (조크로) 악바린데…….

유나 후후후. 차기 작품 구상차 빨리 들어온 거야. 액션 하고 싶댔지?

수호 예.

유나 탄광에서 일하는 갱부 역인데 아주 사고뭉치걸랑. 비중도 꽤
   있고.

수호 저어…….

유나 왜?

수호 너무 신경 쓰진 마세요, 부담 드리는 거 같아 죄송스럽네요.

유나 왜 그렇게 욕심도 없어? 누나한테 집 사주고 싶다며?

수호 다른 지망생들도 어떤 식으로든 간절한 소망이 있겠죠.

유나 천연기념물이 따로 없다니까. 간장 게장 좋아한댔지?

수호 예.

유나 신사동 아주 유명한 집에서 사 왔어. 간장 게장에다 양념 넣고 밥
   좀 비볐걸랑. 먹어봐.

수호 아이, 이렇게까지 안 해주셔도 되는데……. 전 그냥 아무거나
   잘 먹어요. 집에서는 밥에다 물 말아서 오이지하고만 먹고
   그랬는데. 제가 예림이 덕분에 호강하네요.

유나 무슨 말을 그렇게 해. 어서 먹어.

수호 네. (먹는다.) 우와, 되게 맛있네요?

유나 후후후.

수호 예림이가 기린을 보고 싶대요. 그래서 동물원에 가려구요.

유나 예림이가 그런 말까지 다 해?

수호 기린은 목이 길어서 불쌍해 보인대요. 왜 목이 기냐고 묻길래,

목을 이리 뽑고 저리 뽑으면서 친구 오기를 기다리느라고

길어졌다고 그랬더니, 자기도 목이 길어지면 어쩌내요…….

친구가 없어서 외로웠나 봐요.

유나   (그 말에 눈물이 찔금한다.)

수호   우시는 거예요?

유나   예림이한테 미안해서.

수호   (얼른 티슈를 뽑아 건네며) 제가 괜한 얘길 했나 봐요.

유나   (티슈로 눈물을 닦고 나서) 예림이를 위해서라도 이혼만큼은 안

하고 싶었는데 그게 생각처럼 잘 안 되더라구.

수호   예림이 아빠가 감독님 일하시는 걸 싫어했나 부죠?

유나   대부분의 남자들이 그렇잖아. 직장에서 일하고 집에 오면

마누라한테 대접받으면서 푹 쉬어 하잖아.

수호   감독님 같은 경우는 특별한 일을 하시니까 남편이 전폭적으로

밀어줄 것도 같은데…….

유나   수호가 집에 있으니까 마음이 너무너무 든든한 거 있지?

수호   하긴 이 넓은 집에 예림이하고 둘이 살기엔 너무 적막할 것

같애요. 난 누가 이렇게 넓은 평수에 사나 했는데…….

유나   40층이라 아찔하지 않어?

수호   처음엔 그랬는데 지금은 전망이 탁 트여서 오히려 시원해요. 참,

베란다에 있는 나무들…… 전지 좀 해줘야겠던데……. 제가 해도

돼요?

유나   그런 것도 다 해?

수호   그럼요. 안 해본 알바가 없어요, 다림질할 거 있으면 내놓으세요.

바지 주름을 칼날처럼 세워드릴게요.

유나   어떻게 그런 걸 다 해봤어?

수호	가난하니까요.
유나	아아…….
수호	전 친구들하고 술집에 가도 입을 꽉 다물고 아무 말도 안 해요.
유나	왜?
수호	술집에선 제일 많이 떠든 사람이 술값을 내야 하거든요. 전 돈이 없으니까요. 헤헤헤.
유나	후후후. 돈 필요하면 말해.
수호	아녜요. (시계를 보며) 아이쿠 벌써 시간이 이렇게 됐나, (일어서며) 이만 가볼게요. 저녁 잘 먹었어요. 아침 10시까지 오면 되겠죠?
유나	응. ……저어 말야…….
수호	왜요?

유나, 야들야들한 걸음걸이로 수호에게 다가가 옷에 묻은 먼지 따위를 다정하게 떼어내며 말한다.

| 유나 | 후반 작업 때문에 앞으로 날밤을 까야……. 아니 밤을 새야 될 것 같거든. 내일부터 여기서 자면 안 될까? |

10장

샌드위치 가게.

수정과 봉자가 얘길 나누고 있다.

봉자   아이구 미치겠네, 미치겠어.

수정   봉자가 왜 미쳐?

봉자   동거가 뭔디유? 이게 동거유. 상식적으로다가니 생각혀봐유.
      한집에서 여자하고 남자하고 같이 사는디 뭔 일이 안 나겠슈?

수정   뭔 일이 나면 또 어때?

봉자   야?

수정   다 큰 사람들끼린데 뭔 일이 나면 또 어떠냐구. 서로 좋아하면 뭔
      일이 날 테고 그렇지 않으면 아무 일도 없을 테구.

봉자   성님은 시방 뭔 일이 나기를 은근히 바라는 규?

수정   내가 언제?

봉자   그렇게 말한 거나 진배 읎쥬 뭘. 돈도 많고 유명헌깨 밑질 거
      읎다 이 말이잖유, 성님 말씀은!

수정   아니지. 다 큰 사람들끼리니까 자기들이 각자 알아서 행동할
      것이다, 이 말이지.

봉자   아뉴 아뉴, 성님도 알고 보면 상당히 응큼휴.

수정   내가?

봉자   실망이 무지막지허게 크네유. 이 실망이 지한테 워치케
      작용할른지 물르겠어유.

수정   생각해봐. 그 유명한 감독이 미쳤다고 별 볼 일 없는 가난뱅이

무명 배우한테 관심이 있겠누?

봉자   우리 엄니가 돌아가시면서두 그랬슈. 남녀 관계는 귀신두 물르는

          거라구유.

수정   난 수호를 믿어.

봉자   나도 수호 씰 믿쥬. 허지만 환경이 문제란 말유. 생각혀봐유.

          어떤 날은 고년이 야실야실한 끈달이만 입고 목욕하고 나올 때도

          있을 거구, 허연 허벅지 속살을 보이며 바닥에 앉아 다림질할

          때도 있을 거구, 물컵을 둘이서 동시에 잡느라 손이 서로 붙어

          불꽃이 튀며 '지지직!'거릴 적도 있을 거 아뉴. 아무리 수호 씨라

          혀두 워치케 다 그런 지뢰밭들을 피해 가냔 말유, 지 말은.

수정   후후후.

          그때 수호가 여행용 가방을 끌고 온다.

수정   짐 다 챙겼어?

수호   응, 봉자 씨가 아침부터 웬일이에요?

봉자   흥!

수정   (돈을 주며) 이거 주머니에 넣어.

수호   필요 없어. 감독님이 다 알아서 주는데 뭐. 어제도 20만 원이나

          주던데?

수정   그래도 남의집살이하다 보면 다 쓸 데가 있어. 필요할 때마다 손

          내밀기도 그렇잖니.

수호   알았어. (받아 넣는다.)

수정   궁색한 티 내지 말고. 부자들이 궁색한 티 내는 건 미덕이지만

          가난한 사람이 궁색한 티 내는 건 보기 싫여.

봉자   (폭발한다.) 아무리 유명한 사람이래도 그렇지 왜 자식 딸린
       이혼녀하고 수호 씨가 동거해야 헌대유. 세상에 여자가 그렇게
       읎슈? 읎슈? 잘 살펴봐유. 그러케 읎나.

수호   동거라뇨?

봉자   한집에 남녀가 비공식적으로다가니 하냥 사는 걸 대학 나온
       사람들은 동거 말고 뭐라고 헌대유? 알면 가르쳐줘봐유!

수호   봉자 씨. 감독님은 제가 제일 존경하는 분이에요. 아무리 사적인
       자리라도 그분을 그렇게 말하지 마세요. 불쾌해요.

봉자   섭하네요, 정말!

수호   그리고 이건 봉자 씨하고 아무 상관없는 일이에요. 안 그래요?

봉자   섭하네요, 정말! 그럼 이 봉자는 수호 씨헌티 아무것도 아니었단
       말유?

수호   (벙쪄서) 예?

11장

유나의 집.

수호가 다림질판에 서서 노래를 흥얼거리며 즐겁게 다림질을 하고 있다.

식탁 밑에 수호의 트렁크가 있다.

그때 유나가 끈달이 원피스를 입고 막 샤워를 끝낸 듯 욕실에서 나온다.

술에 취해 비틀거린다.

유나   어머, 내가 다릴게.

수호   아녜요.

유나   어서 이리 앉아.

유나, 수호를 소파에 앉힌다.

유나   가만! 가만! 그대로 가만히 앉아 있어야 돼?

그러고는 다림질거리를 옮겨놓고, 바닥에 앉아 허연 허벅지 살을 보이며

다림질을 하는 유나.

수호   술 드시고 다림질하는 거 아녜요. 제가 할 테니까 들어가 쉬세요.

유나   쉿! 이젠 다 깼어. 볼래?

유나, 일어서서 까불대며 춤을 춘다.

그러다가 꽈당 넘어진다.

손을 내미는 유나.

수호가 유나의 손을 잡아 일으켜 세운다.

유나, 벌떡 일어서며 수호의 코앞에 자기 얼굴을 갖다 댄다.

키스라도 할 듯한 찰나.

수호. 뒷걸음질해서 소파에 앉는다.

유나도 할 수 없이 바닥에 앉아 다시 다림질하기 시작한다.

그러다가 그제야 수호의 트렁크를 발견하고는 깜짝 놀라,

유나   어? 이게 뭐야?

수호   오늘이 한 달째 되는 날이거든요.

유나   그래서 가겠다고?

수호   예.

유나   난 수호가 끝까지 날 도와줄 줄 알았는데…….

수호   전 감독님이 한 달간만 있으라고 해서…….

유나   정말?

수호   저두 더 있으면 좋죠.

유나   (수호의 손을 꼬옥 잡으며) 그럼 한 달간만 더 있어줘.

수호   그럴게요.

유나   고마워.

유나, 다시 바닥에 앉아 다림질한다.

유나   연출부 애들이 모두 말술이거든? 이상하지? 술을 마셔도
        걔네들한테 지기가 싫어. 여자라는 콤플렉스 때문인가 봐.
        수호는 콤플렉스 같은 거 없어?

수호	평범한 거요. 전 뛰어난 게 하나도 없어요.
유나	수호가 어때서? 내가 볼 땐 등 뒤에 오로라 광채가 활활 빛나는데.
수호	술 드셔서 그래요.
유나	아냐. 처음 만났을 때부터 그랬어.
수호	감독님. 이건 진심으로 드리는 말인데요. 술 많이 드시지 마세요. 그러다가 몸 상해서 영화 못 찍으면 어떡해요.
유나	애인 있어?
수호	있었는데 얼마 전에 헤어졌어요.
유나	어떤 여자였는데?
수호	소방관이었는데 아주 터프했어요. 주짓수 도장에서 만났거든요. 시멘트벽에 부욱 긁혀 피가 줄줄 나는데도 물로 씻고 땡이에요. 변기 물에 아무렇지도 않게 손 씻고.
유나	변기 물에 손을? 또라이 아냐?
수호	또라이 맞아요. 내가 더럽지 않냐고 했더니 "그 물이 그 물이지 뭘!"
유나	하아, 대단하다. 그래서?
수호	헤어지재요. 업무에 방해된다고. 굵은 선이 자꾸 가늘어진다고.
유나	그래서?
수호	헤어졌죠. 무지 좋아했는데.
유나	수호는 터프한 여자가 좋은가 봐?
수호	전엔 그랬었는데 이젠 질렸어요. 터프한 여자라면 쳐다보기도 싫어요.

유나, 다림질을 마치고,

유나	다림질 끝!
수호	이쪽도 마저 다려야죠.
유나	줍지 마!
수호	예?

유나, 다림질한 옷을 휙 하고 던져버린다.

유나	아이고, 목말라.

그 말에 수호가 식탁으로 가서 컵에 물을 따라 컵을 잡는 순간, 유나도
컵을 잡으려다가 서로 손이 포개진다.
스파크가 일며 잠시 서로 쳐다본다.
어색한 침묵 끝에 수호가 손을 빼려 한다.
더욱 세게 잡는 유나.

수호	(어색하게 웃으며) 하하. 왜 이러세요.
유나	이유가 있어.

유나, 수호 손을 꽉 잡은 채 다른 손으로 물을 마신 뒤, 수호 손을 잡고
구석으로 간다.
구석에서 악기 가방을 들고 소파로 와서 나란히 앉는다.

유나	내 선물이야, 풀어봐.

수호, 지퍼를 열면 색소폰이 나온다.

수호   후와! 이거 되게 좋은 건데 어떻게 이걸 골랐어요?

유나   울 엄마가 나 고삐리 때…… 아니, 여고 시절에 세운상가에서 악기
        도매상을 했었거든. 그래서 좀 알아.

수호   고마워요.

유나   난 다른 여자들보다 남성 호르몬이 많나 봐. 그래서 다른 여자들처럼
        상냥하고 애교 있는 짓을 못 해. 하다 보니 누구한테 선물해본
        적도 없어. 큰맘먹고 산 거야.

        수호, 말없이 색소폰을 만지작거리다가 일어나서 분다.
        유나, 수호의 연주를 들으며 소파에 기대 자는 척한다.
        수호, 연주를 끝내고 소파 앞에 쪼그리고 앉아 잠들어 있는 유나를
        살며시 내려다본다.
        그러다가 유나를 번쩍 안고 방으로 들어간다.

12장

영화사 사무실.

유나, 책상에 걸터앉아 있고 그 앞에 조감독이 머릴 조아리며 서 있다.

다른 연출부원들은 전화를 받거나 서류를 정리하는 등 정신없이 일한다.

유나   왜?

조감독   시지 작업 팀이 사흘 뒤에 합류하겠답니다.

유나   안 돼!

조감독   그럼 기다릴까요?

유나   지금 뭐라고 했니? 니가 우리 영화 말아먹으려고 그래? 사흘

          뒤까지 어떻게 기다려! 무조건 잡아다 붙여! 납치해서라도!

          알겠어?

조감독   그래도…… 선약이…….

유나   시끄러, 이 자식아! 가봐!

조감독   (머뭇거리면)

유나   (컵을 들어 때릴 기세로) 골통 기스 난 다음에 내 앞에서 사라질래?

조감독   알겠습니다.

          겁먹고 꽁무닐 빼는 조감독.

유나   막내, 너!

막내   예?

유나   오늘 녹음실 스케줄 어떻게 됐어?

막내	3시부터 8시까지 다섯 시간 잡아놨는데요.
유나	다섯 시간 가지고 되겠어?
막내	충분할 겁니다.
유나	"할 겁니다"?
막내	충분합니다.
유나	배우들한테는 다 연락됐고?
막내	저어…….
유나	뭐? "저어……"?
막내	김영채 씨만 아직 연락이 안 됐는데요.
유나	왜?
막내	핸드폰이 꺼져 있어서…….
유나	핸드폰이 꺼져 있으면 어떻게 해야 됐댔지?
막내	집으로 당장 찾아가겠습니다.

막내, 밖으로 뛰쳐나간다.

그때 최 대표가 들어온다.

최대표	장 감독, 99.9프로야. 태원 시네마에서도 팍팍 밀어주겠대.
유나	당연한 거 아냐?
최대표	당연하다니……. 내가 사흘 동안 쫓아다니면서 술 멕이고 계집 붙여주고 카드 치면서 돈 잃어줬다.
유나	그럼 제작자가 그 정도 노력도 안 하고 공꺼로 먹으려고 했니? 상필아, 포스터 시안지 갖구 와봐.
상필	원 투 스리, 모두 다요?
유나	그럼 자식아, 투 스리는 국 끓여 먹고 원만 가져올랬니?

조감독, 서류를 정리하며 노래를 흥얼거린다.

조감독   너 없는 세상 나 혼자 살아 뭐해.

          너 없는 세상 나 혼자 살아 뭐해.

유나   (버럭) 야, 너! 아가리 안 닥쳐!

조감독   요새 최고로 뜨는 노랜데요?

유나   이게 증말.

조감독, 입을 꾹 다문다.

그러다가 자기도 모르게 콧노래로 또다시 흥얼거린다.

순간, 유나가 티슈 통을 조감독에게 날려버린다.

상필, 시안지를 유나에게 가져온다.

유나   여기 지 볼살 더 떠내. 이래 퉁퉁해가지고 에로틱한 맛이 나겠냐?

상필   20프로 깎아낸 건데요.

유나   10프로 더 떠내! 일단 떠낸 다음에 그걸 보고 오케이 사인 낼

          테니까, 알았지?

상필   네.

유나   언제까지?

상필   내일까지 감독님 책상 앞에 갖다 놓겠습니다.

유나   오전? 오후?

상필   오전까지요.

유나   좋았어.

상필, 포스터 시안지를 들고 밖으로 나간다.

조감독, 유나 앞에 서서

조감독   다녀오겠습니다.

유나   어딜 가는데?

조감독   시지 팀 무조건 잡아오라메요.

유나   아, 그랬지. 가봐.

조감독, 노래를 흥얼거리면서 나간다.

유나, 그제야 뻘쭘히 서 있는 최 대표를 본다.

유나   왜 그래? 그렇게 할 일이 없어?

최대표   감동 백 프로야.

유나   뭔 감동?

최대표   '참 우리 연출부 애들 착하다. 악바리 밑에서 끝까지 버텨내는 걸
         보면 무지무지 착하다.'

유나   그러니까 너도 조심해. 여차하면 짤라버릴 수도 있으니까.

최대표   걱정 마라. 그전에 내가 널 짤라버릴 테니까.

그때 김 검사가 들어온다.

최대표   아이구, 김 검사님!

김검사   어떻게 잘돼가십니까?

최대표   예, 이번에도 아주 감이 좋은데요. 어제부터 오프라인 홍보 작업
         들어갔는데 반응이 아주 좋습니다.

김검사	좋으시겠습니다.
최대표	다 김 검사님 덕분이죠.
김검사	하하. 그래요?
최대표	그럼 얘기 나누십시오. 저는 할 일이 있어서.
김검사	예.

최 대표, 나간다.

무대엔 유나와 김 검사만 남았다.

김검사	진짜 속뜻이 뭐냐?
유나	말한 그대로야.
김검사	남자 생겼니?
유나	이러지 말자. 다 끝난 얘기 갖고.
김검사	끝난 얘기가 아니니까 이러는 거 아냐. 날 이해시켜봐.
유나	시간 없어.
김검사	없어도 해.
유나	아직도 나한테 미련이 있는 거니?
김검사	내가 싫은 진짜 이유가 뭔데?
유나	우린 서로 가치관이 다르잖아.
김검사	다른 건 맞춰야지.
유나	누가? 누가 맞춰?
김검사	니가 좀 맞춰주면 안 돼?
유나	그래야겠지. 그래, 내가 니 조건에 맞춰야겠지, 왜 날 택했니?
	첫사랑이라서?
김검사	꼭 이유를 대야 알겠어?

유나	아니, 알고 있어. 니 속마음을. 첫째, 넌 날 미래의 홍보물로 생각하고 있어, 총각인데도 불구하고 자식 딸린 첫사랑의 여자를 택했다. 그만큼 순수하다 이거겠지. 둘째, 유명한 감독을 아내로 삼아 감독 일을 그만두게 하고 집에 꿇어앉혀 내조자로 만들었다, 그만큼 능력도 있고 리더십도 있다 이거겠지. 이것도 홍보 효과가 만점일 테고. 셋째!
김검사	(자르며) 너 지금 영화 찍니?
유나	영화 찍는 게 누군데?
김검사	너 진짜 왜 이래?
유나	난 영화 일 못 그만둬!
김검사	나도 내 일 못 그만둬!
유나	얘기 다 끝났네. 그래서 예림이 아빠하고도 이혼했던 거야.
김검사	그 잘난 영화 때문에?
유나	그래.
김검사	그럼 넌 내가 너와 결혼해서 어떻게 해주길 바랐는데? 니네 집에 종살이라도 해주길 원했던 거야? 하던 일 다 집어치우고 남자 식모로 들어와주길 바랐어? 그 잘난 영화 때문에?
유나	(버럭) 그래!

김 검사, 유나를 잠시 노려보다가 나간다.
그때 들어오던 채빈과 마주친다.
채빈에게 인사도 않고 나가버리는 김 검사.

채빈	저 친구 왜 저래? 아직도 정리가 안 된 거야?
유나	정리를 하고 말 거나 있었니.

276

채빈	어떻게 됐어? 어리버리 베이비시터!
유나	잘 안 돼.
채빈	내 말대로 해봤어?
유나	그럼.
채빈	그런데도 잘 안 돼?
유나	응. 니 말대로 내 성질 다 버리고 매일 밤 나긋나긋 야들야들! 선물도 줘보고 술 마시고 조는 척도 해보고.
채빈	아니, 단둘이 한집에서 지낸 지가 얼만데?
유나	하, 그게 맘대로 돼야 말이지.
채빈	성공한 사람들의 공통점이 뭔지 알아? 기대한 것 이상으로 신속하게 임무를 완수하는 거야!
유나	마무리가 안 돼, 마무리가! 엊그제도 침대까지 끌어들이는 덴 성공했는데…….
채빈	혹시 성불구?
유나	안 그래도 널 만나 자문 좀 구하려고 했어.
채빈	그럼 이 방법을 써봐.
유나	뭔데?
채빈	좀 고전틱한 방법인데 남자들이 즐겨 쓰는 전형적인 수법이걸랑? 내가 그거에 넘어가서 수영 아빠하고 결혼까지 했잖니.
유나	글쎄 그 방법이 뭐냐니깐?

13장

배경 막이 1장에서 보았던 군산 앞바다의 스크린.

바다가 내려다보이는 능선에 묘지가 있다.

파도 소리와 갈매기 울음소리가 '끼룩끼룩' 들려온다.

붉은 석양을 맞으며 유나가 묘지에 절을 하고 있다.

유나가 절을 마치자 수호가 절을 한다.

유나   절을 안 해도 되는데…….

수호   감독님 어머님 산손데, 백번이라도 제가 해야죠.

유나   박춘분 여사께서 오늘 신나시겠는데? 수호까지 절을 해주니.

수호   이름을 중간에 바꾸셨나 봐요?

유나   응?

수호   (묘비를 보며) 여기엔 김영자라고 쓰여 있는데.

유나   (당황해서 얼버무린다.) 이름이 하두 촌스러우니까 재판해서 바꿔버렸어.

수호   성까지도요?

유나   응.

수호   (주위를 둘러보며) 심심하지 않으시겠어요. 앞을 내려다보면 바다가 보이고 뒤돌아보면 산이 보이고. 어머님이 아주 좋은 데에 계시네요. 우리 어머님은 그늘진 곳에 계시는데.

유나   어딘데?

수호   포천에 있는 공동묘지요.

유나   다음엔 거기에 같이 가.

수호   아녜요. 어머님은 어떤 분이셨어요?

유나   집이 가난해서 어느 부잣집 영감한테 첩살이로 들어가서 거기서
             날 낳고 이듬해에 영감이 죽자, 본부인의 시집살이가 하도 심해
             그 집에서 날 데리고 나와버렸어. 난 아버지 얼굴도 몰라.

수호   아, 예.

유나   자식 딸린 여자가 할 게 뭐 있었겠어.
             술집을 했지. 밤이 되면 난 다락방에 숨어 있어야만 했어. 방까지
             손님들이 들어차니까. 다락방에서 홀을 내려다보면 우리 엄마
             젖가슴에 남자들의 손이 아무렇지도 않게 들락날락거렸어.
             엄마와 눈이 마주치면 엄마는 보지 말라고 눈을 흘기고. 그게
             싫어서 그다음부턴 밤만 되면 밖으로 나와버렸어. 하릴없이
             거리를 쏘다녔지. 숙제도 가로등 불빛 아래서 쪼그리고 했어.
             추운 날엔 손을 호호 불면서…….

수호   아, 예……. 그럼 악기 도매상은 그다음에 하셨나 부죠?

유나   (얼버무린다.) 응. 난 엄마가 싫었어. 프랑스로 유학 떠난 것도
             영화 공부를 하기 위해서가 아니라 엄마가 싫어서였어. 내
             영화엔 섹스 신이 없어. 앞으로도 없을 거구. 아무 손이나
             들락날락거리던 엄마의 풀어헤쳐진 젖가슴이 떠올라서. (눈물이
             흐른다.) 해맑은 꿈으로 꽉 차 있어야 할 사춘기를 난 그렇게
             보냈어.

             유나, 흐느껴 운다.

수호   감독님, 울지 마세요. 그런 과거가 있었기 때문에 지금의
             감독님이 계신 거예요.

유나, 수호의 품으로 파고들며

유나   난 정말 못된 년이야. 엄마가 돌아가셨다는 소식을 듣고도
              프랑스에서 안 나왔어. 오기가 싫었어. 엄마라고 부르기도 싫었고
              누가 내 과거를 알까 봐 두렵기만 했어. 엄마는 몸을 팔아 내
              학비를 다 대주었는데…….

수호   어머님께서 다 용서해주실 거예요. 훌륭한 감독님이 되셨잖아요.
              그걸로 감독님은 어머님에 대한 도리를 다한 거예요.

유나   아냐, 이 세상에서 나 같은 불효자도 없을 거야.

수호   안 그래요.

              유나, 수호를 부둥켜안는다.
              수호도 유나를 꼭 끌어안는다.
              유나, 서서히 수호에게 입술을 가져간다.
              그때 수호가 허공을 보며,

수호   저도 한때는 아버지를 원망했어요. 평생을 뚜렷한 직업 없이
              사기나 치면서 다니셨거든요. 하지만 이젠 다 용서해드리려구요.

유나   그랬구나. 수호한테도 그런 아픔이 있었구나. 흑흑흑!

              유나, 재차 시도한다.
              울면서 수호의 입술에 자기 입술을 가져가는 순간, 수호가 양손으로
              유나의 어깨를 밀어 간격을 유지한 채 격앙되어 말한다.

수호   감독님, 아무리 사기꾼이라도 아버진 아버지잖아요!

14장

유나의 집.

유나와 채빈이 얘길 나누고 있다.

식탁엔 촛불과 와인 잔과 음식들이 정성스럽게 차려져 있다.

채빈 또 실패야?

유나 결혼하자고 얘기해버릴까 봐. 그럼 가타부타 무슨 반응이
    있을 거 아냐. 그게 꼬셔서 자빠뜨리는 것보다 훨씬 솔직하고
    담백하고 나답잖아. 이젠 지쳤어. 나긋나긋하게 매일 밤
    연기하는 것도.

채빈 그래서? '결혼합시다' 얘기했어. '전 아직 마음의 준비가 안
    되었는데요' 하고 가버리면 재시도할 방법이 없잖아.

유나 어차피 끝물인데 뭘. 낼모레면 벌써 두 달째라고. 이 방법 저 방법
    다 써봤지만 약발이 안 듣잖니.

채빈 최후의 방법이야.

유나 뭔데?

채빈 이걸 뿌려봐.

유나 이게 뭔데?

채빈 좋은 향수! 도움이 될 거야. 이걸 뿌린 후에 시간을 좀 끌어야
    해. 그래야 제대로 발동이 되걸랑? 장유나, 내 얘기 듣는 거니?

유나 싫어.

채빈 왜?

유나 어떻게 이런 거까지 뿌리면서 그 짓을 해. 짐승도 아니고.

채빈	니체가 이랬다. "빼앗을 수 없을 땐 훔쳐라!" 널 위해 꼭 필요한 거야.
유나	알았어. 해볼게.
채빈	자빠뜨리기 위한 수단으로 이걸 쓰는 게 아니라 니 삶의 진화를 위한 목적으로 쓰는 거야. (두리번거리다가) 여기다 둘게.

그때 벨 소리.

채빈	아이구, 왔나 부다. 나 갈게.
유나	그래 가봐.
채빈	아이구, 왜 내가 후들후들 떨리고 그런대니. (손가락으로 V 자를 보이며) 파이팅!
유나	(손가락으로 V 자를 보이며) 파이팅!

유나, 현관문을 활짝 열며,

유나	수호니?

그때 김 검사가 술에 취해 들어온다.

채빈	어? 김 검사님!
김검사	자주 뵙습니다그려.
채빈	(김 검사에게) 막 가려던 참이었어요. 그럼, (유나에게) 나 간다.

채빈, 현관으로 간다.

유나, 배웅한다.

채빈   (귓속말로) 저 친구가 왜 또 왔다니? 술 마셨나 봐. 조심해라, 얘.
유나   걱정 마.

채빈, 나간다.
유나, 김 검사한테로 온다.

김검사   수호가 누구냐?
유나   ……?
김검사   아주 반갑게 "수호니!" 하던데?
유나   알 거 없잖아.

김 검사, 일어나서 식탁으로 가며,

김검사   누굴 위해 정성스럽고도 풍성한 식단을 준비하셨나?
유나   어서 가! 할 일이 태산 같을 텐데!
김검사   애인이라도 생겼나 부지?
유나   다음부턴 이런 식으로 불쑥 찾아오지 말고.

그때 수호가 유모차에 예림이를 태우고 들어온다.

수호   감독님, 저 왔습니다. 어? 손님이 와 계셨군요. (인사하며)
         안녕하세요, 전 강수호라고 합니다.
김검사   김재룡입니다.

김 검사, 악수를 청한다,

수호   (악수하고 나서) 잠깐만요. 예림이 좀 눕히고 나올게요.

그때 유나가 와서,

유나   (예림이를) 이리 줘. 내가 눕힐게.

유나가 예림이를 받아 방으로 들어간다.

김검사   장 감독하곤 어떤 사입니까?

수호   하하. 아무 사이도 아닌데요.

김검사   그래요? 난 장 감독하고 결혼을 약속한 사이였는데 얼마 전에
                절교를 당했죠. 아무 이유도 없이. 그사이 어딘가에 당신이
                불순물처럼 끼여 있는 건 아닐까 하고 궁리 중입니다만.

수호   하하. 아닙니다. 전 단지 이 집에 베이비시터로 와 있을 뿐입니다.
                예림이의 친구도 됐다가 보모도 됐다가⋯⋯. 하하, 그런⋯⋯.

김검사   전 중수부에서 검사 생활을 하고 있습니다.

수호   아, 검사님이군요?

김검사   직업병인진 모르겠습니다만 추리해보는 걸 무척 좋아하죠. 장
                감독을 전 잘 압니다. 영화 일을 하기 위해 수단 방법을 안
                가리죠. 아마 당신을 미래 남편감으로 점찍었을 겁니다. 왜냐?
                일하는 데 방해가 안 되고 예림이도 잘 돌보고 집안 살림도 잘할
                수 있는, 말하자면 남자 식모로서 당신이 딱이니까.

유나, 방에서 나오다가 그 소리를 듣고 버럭 소리를 지른다.

유나   말 함부로 하지 마!

김검사   헌데 문제가 뭐냐……. 서로 사랑을 해서, 결혼까지 해서,
         생활하다 보니 남자가 식모 역할을 해야 했다, ……이건 누구나
         공감할 수 있는 얘기죠. 허나 애초부터 남자 식모로 찍어서,
         페이크로 결혼까지 해서 남자 식모로 계속 써먹는다……. 이건
         얘기가 다르죠. 우리가 다루는 법에선 의도나 동기가 불순하면
         범죄가 성립된다고 여깁니다. 당신은 지금 장 감독에게 찍혀서
         남자 식모로 와 있는 겁니다. 내 말이 맞는지 틀리는지 본인에게
         물어보십쇼.

         김 검사, 나간다.
         잠시 침묵이 이어진다.
         이윽고 고개를 쳐드는 수호.
         유나에게 묻는다.

수호   저 사람 말이 맞나요?

유나   …….

수호   감독님은 거짓말하지 못할 분이라는 거…… 알아요. 저 사람
         말이 맞나요?

유나   …….

         유나, 차마 대답을 못 하고 주저한다.

15장

샌드위치 가게.
유나와 봉자가 의자에 앉아 있고 수정은 서 있다.

봉자   (비꼰다.) 좋으시겠슈. 〈바이 바이 샌프란시스코〉가 대박 나서.

수정   저도 어제 극장에 가서 봉자하고 같이 봤어요. 울다가 웃다가
        시간 가는 줄 모르고 봤어요. 정말 재밌데요.

유나   …….

봉자   지는 무식해서 그런지 솔직히 그저 그렇데유. 수호 씨도 잠깐뿐이
        안 보이고 대사도 읎구.

수정   그런 걸 어떻게 대사 갖고 따져. (유나에게) 여기 연신내에서 아주
        유명 인사가 됐어요. 사인해달라는 손님도 있어요.

봉자   그나저나 굉장히 바쁠 거인디 자주 뵙게 되네유. 워치케 오셨대유?
        수호 씨 보러 왔다면 그냥 가시는 게 좋을 뀨. 수호 씨는 감독님
        만날 의사가 전혀 읎어 보이던디유. (수정에게) 성님, 안 그류?

수정   무슨 말을 그렇게 해.

봉자   입은 삐뚤어졌어도 말은 바로 하랬다고 사실이 안 그런감유.
        지는 수호 씨가 감독님 집에 들어간달 때부터 진즉에
        알아봤네유. 연상에다 이혼녀에다 자식까지 딸렸는디 그런
        사람헌티 누가 혹허겄슈. 돈 많고 유명헐 걸루 엑기벡기가
        되겄슈? 택도 읎쥬! 암유, 빙신이 아님 다음에야 택도 읎쥬.

수정   봉자야, 그러는 거 아냐. 어서 가게로 가.

봉자   왜 차별하고 그런대유. 지도 커피 마시러 온 손님여유.

수정 커피 값 안 받을 테니까 어서 가.

봉자 위대한 감독님께서 이 무식한 봉자 년헌티 하대받으니까
    안쓰러워서 그러남유? 그럼 안쓰러운 짓을 안 허면 될 거 아뉴?
    지 말이 틀렸슈? 안쓰러운 짓 안 혀도 될 사람이 자꾸 성가시게
    와서 안쓰러운 걸루 점수 딸려고 헝께 부애 나서 그류. 있는
    사람들이 없는 사람들 갖구 노는 게 하도 기가 차서 부애 나서
    그류.

수정 감독님께서 언제 우리 수호를 갖구 놀아?

봉자 그럼 그게 갖고 논 게 아니구 뭐래유.

수정 화내기 전에 빨리 가! (버럭) 어서!

봉자 섭하네유, 정말.

수정 섭섭해도 할 수 없어!

봉자 (일어서며) 주인이 가라면 가야쥬. (돈을 내며) 여깄슈 커피 값!
    성님도 너무 그러는 거 아뉴. 있는 사람들이 거들먹거리는 것도
    보기 싫지만 없는 사람들이 있는 사람들헌티 쩔쩔매는 것도 보기
    안 좋네유. (유나에게) 여 밑에 가면 연신내 카바레가 있슈. 거기
    가면 백구두 신고 포마드 바른 제비족들이 드글드글 끓유. 거기
    가서 쓸 만한 거 하나 골라봐유. 우리 수호 씨는 그런 사람들하곤
    차원이 다르니깨 아예 단념하시구유.

봉자, 액세서리 가게로 간다.
가면서 은근히 유나를 약 오르게 하려는 심산으로 크게 소리 지른다.

봉자 귀걸이, 목걸이, 팔찌, 반지 있수와! 귀걸이, 목걸이, 팔찌, 반지
    있수와!

수정	그냥 감독님 보면 한마디씩 대거릴 하고 싶나 봐요. 감독님께서 이해하세요.
유나	네.
수정	제 말이 당돌하게 들리실진 모르겠는데 가급적이면 안 찾아오셨으면 좋겠네요. 둘 사이에 무슨 일이 있었는지 자세한 내막은 잘 모릅니다만 방구석에 처박혀서 하루 종일 안 나오는 걸 보면 수호도 수호 나름대로 충격이 있었나 봅니다.
유나	…….
수정	그저 제 바람은 수호가 하루속히 툴툴 털고 일어나 예전처럼 지냈으면 좋겠습니다. 그래서 드린 말씀입니다.
유나	(일어서며) 죄송합니다.
수정	살펴 가세요.

유나, 수정에게 인사를 하고 돌아서서 쓸쓸히 간다.
안쓰럽게 바라보는 수정.
거기에 봉자의 악다구니가 덮쳐온다.

봉자	귀걸이, 목걸이, 팔찌, 반지 있수와! 귀걸이, 목걸이, 팔찌, 반지 있수와!

그때 수호가 들어온다.
봉자, 수호를 보고 반가워서

봉자	얼라려? 얼라려? 성님! 수호 씨 와유!
수정	(수호에게) 응, 어서 와라.

봉자	아이구, 수척해졌네유. 얼굴도 꺼칠꺼칠해진 것 같구. 지가
	속으론 월메나…….
수호	(자르며) 봉자 씨는 자리 좀 비켜주세요. 누나하고 할 말이
	있어서요.
봉자	그류 그류. 지하고는 낭중에 민물매운탕 묵으면서 찐허게
	얘기혀유. 그류…….

봉자, 자기 가게로 간다.

수정	장 감독 또 다녀갔다.
수호	알아. 같이 있길래 일부러 레코드 가게에 있다가 가는 거 보고 온
	거야.
수정	그랬구나.
수호	누나!
수정	응?
수호	나 영식이 삼촌한테 가고 싶어.
수정	갑자기 거긴 왜?
수호	그냥.
수정	장 감독 피해서 가는 거니?
수호	그냥 여기 있기 답답해서.
수정	그렇게 해. 언제쯤 가려고?
수호	가능하면 빨리.
수정	갈 거면 장 감독 만나서 정식으로 말하고 가. 도망치듯 내빼지
	말고. 그게 예의야.

16장

유나의 집.

유나가 단정한 자세로 서서 누군가를 기다리고 있다.

그때 수호가 색소폰 가방을 들고 들어온다.

둘이 마주 보고 말없이 서 있다.

잠시 후,

수호   인사드리러 왔습니다.

유나   (체념한 듯) …….

수호   그냥 떠날까도 생각해봤습니다만, 그래도 정식으로 말씀드리고

         가는 게 도리라고 생각했습니다. 미국에 가려구요. 삼촌이

         뉴욕에서 세탁소를 하고 있는데 삼촌 일을 도와드리면서 당분간

         거기서 살려구요. 기회가 되면 극단에 들어가 연기 공부도 해보고

         싶구요.

유나   그럼 이게 마지막인가?

수호   네. 고맙지만…… 이건 돌려드리겠습니다.

         수호, 색소폰 가방을 유나에게 준다.

         유나, 그걸 받아 바닥에 놓는다.

수호   예림이는 좀 나아졌어요?

유나   응. 이젠 깁스도 풀고 어린이집에 다시 나가. 가끔씩 아저씨 언제

         오냐고…… 찾고.

수호   예림이를 잠깐 보고 가도 될까요?

유나   응. 방에 가봐. 방금 전에 잠들었어.

        수호, 예림이 방으로 간다.

        그 틈을 타 향수를 뿌리는 유나.

        잠시 후, 수호가 거실로 나온다.

        유나, 와인 잔을 수호에게 건넨다.

        단숨에 잔을 비우는 수호.

유나   엄마가 돌아가시면서 이런 말을 했어. "똥개가 짖어도 기차는
        간다."

수호   예?

유나   왜?

수호   이상해서요.

유나   뭐가?

수호   유언하는 분위기하고 그 말하고 안 어울리는 거 같아서요.

유나   (둘러댄다.) 내가 엄마를 붙잡고 돌아가시지 말라고 악악거리니까
        듣기 싫어서 그랬나 봐. 내가 엄청 울어댔거든.

수호   아, 예.

유나   수호도 내 곁을 이렇게 떠나가는구나. 똥개가 아무리 짖어도
        기차는 가겠지?

수호   건강하십시오, 감독님.

유나   (시간을 끈다.) 수호와의 추억, 값지게 기억하며 살아갈게.

수호   그럼…….

유나   사랑은 비를 타고 내려와 말을 타고 떠나가는 건가 봐.

수호	……그럼 이만 가보겠습니다.
유나	오겠다는 전화 받고 곰곰이 생각해봤어. 반성도 많이 했고.
	하지만…… 이제 와서 어떤 변명도 늘어놓고 싶은 생각 없어.
	……그래도 이게 마지막인데 날 위해 잠시만 같이 있어주면 안
	될까? 마음이 진정될 때까지만이라도.
수호	죄송합니다.
유나	…….
수호	……그럼 이만.
유나	잘 가!

수호가 나간다.

순간 안에서 꽝 하는 소리.

그 소리에 수호가 나가려다 말고 문틈으로 안을 들여다본다.

유나가 색소폰 가방을 내동댕이치고 있다.

엉엉 소리 내어 울부짖는 유나.

한참을 울고 난 뒤 마음을 정리하고 자리에서 일어선다.

유나, 창가로 가서 베란다 문을 열고 뒤로 물러나 이쪽 벽에 선다.

심호흡을 한 뒤, 베란다를 향해 뛴다.

서너 발자국쯤 뛰다가 문을 힐끗 보나 아무 기척이 없자 다시 제자리로

온다.

다시 심호흡을 한 뒤, 베란다를 향해 냅다 달린다.

순간, 문이 열리고 수호가 나타나는 게 보이자 더욱 힘차게 달음질치는

유나.

수호	안 돼요! 안 돼요!

유나가 베란다에서 아래로 떨어지려는 찰나,

수호가 달려들어 유나를 덮친다.

수호   감독님, 이러지 마세요. 이러시면 안 돼요!

유나   놔! 놔!

유나, 뿌리치려고 발버둥 친다.

수호, 유나를 잡고 뒷걸음질로 질질 끈다.

수호   왜 이러세요?

유나   놔! 놔! 놔! 놔!

수호   도대체 왜 이러시는 거예요?

유나   나도 모르겠어! 허전해! 쓸쓸해! 약 올라!

수호   그렇다고! 그렇다고!

유나   놔! 놔! 놔!

유나가 계속해서 악다구니를 지른다.

수호, 있는 힘을 다해 유나가 다른 짓을 못 하도록 바닥에 쓰러뜨린다.

바닥에 깔린 채 발버둥 치는 유나.

양손으로 수호의 가슴팍을 때리며 벗어나려고 애쓴다.

그때 수호가 갑자기 향내에 취해 버벅댄다.

유나   왜? 왜? 왜?

수호   (억지로 참아내며) 아니에요, 감독님.

유나   말해봐! 왜 그래? 왜 그러는데?

유나, 밑에 깔린 채로 버둥거리면서 손가락으로 V 자를 만들어 보인다.

수호, 유나에게 키스를 한다.

저자 소개

극작가 이만희(李萬喜, Lee Man-Hee)

1954. 7.   충남 대천 출생

1979. 2.   동국대학교 인도철학과 졸업

2000~2004   동덕여자대학교 문예창작학과 교수 재직

2005~현재   동국대학교 영상대학원 교수 재직

희곡 작품

1980   처녀비행

1989   문디

1990   그것은 목탁구멍 속의 작은 어둠이었습니다

1992   불 좀 꺼주세요

1993   돼지와 오토바이

1993   피고 지고 피고 지고

1996   아름다운 거리

1996   돌아서서 떠나라

1997   용띠 개띠

1998   암스테르담

1999   언니, 나야

2003   새 한 마리

2005   그래도 기차는 간다

2008   언덕을 넘어서 가자

2009	해가 져서 어둔 날에 옷 갈아입고 어디 가오
2010	그대를 속일지라도
2010	늙은 자전거
2018	가벼운 스님들

시나리오 작품

1998	약속(각본)
2003	보리울의 여름(각본)
2003	와일드카드(각본)
2004	아홉살 인생(각본)
2005	6월의 일기(각색)
2008	신기전(각본)
2009	거북이 달린다(각색)
2010	포화 속으로(이재한 공동 각본)
2010	사요나라 이츠카(각색)
2010	그대를 사랑합니다(각색)
2012	R2B 리턴 투 베이스(각색)
2013	박수건달(각색)
2014	피끓는 청춘(각색)
2016	제3의 사랑(이재한 공동 각본)
2016	인천상륙작전(이재한 공동 각본)

작품상 수상

1979	《동아일보》 장막 희곡상
1983	월간문학상

1990	삼성문예상
1990	서울연극제 희곡상
1991	백상예술상
1994	영희연극상
1996	동아연극상
1998	대산문학상
1999	한국희곡문학상
2004	춘사영화제 각본상

저서

『이만희 대표 희곡집』 — 도서출판 청맥, 1993

『이만희 희곡집』 I, II — 도서출판 월인, 1998

『와일드카드』(한국시나리오걸작선 101) — 커뮤니케이션북스, 2005

『그것은 목탁구멍 속의 작은 어둠이었습니다』(지만지 한국희곡선집) — 지만지, 2014

『피고 지고 피고 지고』(지만지 한국희곡선집) — 지만지, 2014

언덕을 넘어서 가자 이만희 희곡집 2

1판 1쇄 인쇄 2019년 6월 19일
1판 1쇄 발행 2019년 6월 29일

지은이 이만희
펴낸이 김영곤
펴낸곳 아르테

문학미디어사업부문 이사 신우섭
문학사업본부 본부장 원미선
문학콘텐츠팀 팀장 이정미
편집 김필균 김지현 허문선 김혜영 김연수
디자인 박란정 김영길
문학마케팅팀 정유선 임동렬 조윤선 배한진
문학영업팀 권장규 오서영
홍보팀장 이혜연 **제작팀장** 이영민

출판등록 2000년 5월 6일 제406-2003-061호
주소 (우 10881) 경기도 파주시 회동길 201(문발동)
대표전화 031-955-2100 **팩스** 031-955-2151

ISBN 978-89-509-8192-1 (04810)
      978-89-509-8195-2 (세트)